Fランク召喚士、
ペット扱いで可愛がっていた召喚獣が
バハムートに成長したので冒険を辞めて
最強の竜騎士になる
2
ケンノジ
ill. 三弥カズトモ
JN043392

Character
フェリク
魔王軍の侵攻によって家族と領地を失った元貴族のお嬢様。冒険者となってジェイと出会い、日々たくましく成長中。
ジェイ
キュックと共に運び屋を営む召喚士。剣の腕前は超一流で実はSランクの冒険者だが、周囲はその事実を知らない。

キュック
ジェイの相棒である召喚獣。まだ子ドラゴンだが、炎を吐き、空を自由に飛ぶ頼もしい存在。
アルア
魔法の研究者。世間では魔女と呼ばれている。興味があること以外には無頓着な女性で、家では全裸で過ごしている。
ロック
ジェイが従えている召喚獣。元々は人間だったが、紆余曲折を経てオーガになった。
The F Rank Summoner Quits Adventures and Becomes the Strongest Dragon Knight

「一張羅だ。誰に会っても
失礼ではないだろう」

「似合っている」
「悪い男だな君は。思ってもないことをそんなふうにさらりと言ってのけるなんて」
「いやいや、本当に思っているよ。逆にお世辞が言えないくらいだ」

こんこん、と会議室がノックされると、
品のあるイブニングドレスを身に
まとった少女が一人、中に入ってきた。
それに続いて、使用人らしきメイドの
少女もやってくる。
ユーア
ベアトリーチェの幼馴染みであり、専属のメイド。
物静かで優秀なメイドであり、誰よりもベアトリーチェの幸せを願っている。

「御機嫌よう。顔を上げてくださいまし」
ベアトリーチェ
グランイルド王国の王女。政略結婚で他国へ嫁ぐことになっている。

〈contents〉

The F Rank Summoner
◆
Quits Adventures and Becomzes
the Strongest Dragon Knight

ダッシュエックス文庫

Ｆランク召喚士、ペット扱いで可愛がっていた召喚獣がバハムートに成長したので冒険を辞めて最強の竜騎士になる2

ケンノジ

〈第1章〉新しい召喚獣

新しく召喚獣となったオーガをロックと名付けた俺は、フェリクの別荘付近の森に来ていた。

ロックのパワーを確認するためだ。

ビンの手下たちが切り倒した大木を運ぶように指示すると、ロックは楽々と運んでみせた。

「おぉ……見た目よりさらにパワーがあるかもな」

「キュックじゃ持てないの？」

大木の運搬《うんぱん》を見ていると、フェリクが言った。

「あれくらいになると、爪《つめ》に引っかけられても空は飛べないんだ」

キュックの飛行速度は稀《まれ》なものだが、その分、運べるのは軽い物や小さい物、持ちやすい物に限る。

「おーい、ロック！　こいつに載《の》せて引っ張ってみてくれぃ！」

現場で指揮を執《と》るビンが、大きな戸板を指さしている。

あれに何本もの大木を載せて、ロープをひっかけて引っ張らせるつもりらしい。

「るお……！」

言われた通りにロックは大木を戸板に載せていき、ロープを引っ張った。

ずりずり、と大木を載せた戸板が動いていく。

「お頭《かしら》。余裕みたいでさぁ！」

「だな」

キュックで運べないものは、ロックに運ばせることにしよう。

こんな大荷物を運ぶ依頼なんてなかなかこないだろうが。

フェリクが別荘近くの空《あ》き地を振り返って言う。

「キュック、アレなら持って来られたわよね」

「アレでギリギリだ。到着したらへとへとだったし」

アレというのは、先日軍からもらった巨大な石槍《いしやり》のことだ。

王都に巨大な騎士の石像があったのだが、それがボロくなり危ないので作り変えられることになった。その際、石槍が不要になるということを耳にして、もらってきたのだ。

大木を運び終えたロックに声をかけて、俺は石槍が置いてある空き地へ連れていく。

「ビンが召喚されるときは、きちんと服を着ているし剣も佩《は》いているだろ？」

「そうね」

だからどうした、と言いたげなフェリク。

「間接的に触れていれば召喚に巻き込めるっていうのは、そこで思いついたんだ」

「ふうん……？」

話が見えないフェリクスは、俺に先を促《うなが》す。

ビンは召喚されるたび、素《す》っ裸《ぱだか》で現れるわけではない。

そいつが持っていたり背負っていたりすれば、道具や服も召喚できるってことだ。

「ロックに石槍を使ってもらう。――ロック、それを好きに振り回してみてくれ」

「るぉ」

俺たちにとってはバカでかい棒状の石だけど、巨体のロックが持ち上げると、体のサイズに合った槍に見える。

「るぉぉぉう！」

ブンブンブン、と振り回すと風が巻き起こる。

敵にあんなでかい石の槍を、こんなふうに振り回されたらと思うと堪《たま》らないな。敵として立ち塞《ふさ》がったときの絶望感がすごい。

「よし。思った以上に使えるみたいだな。ロック、それはおまえの武器だ。存分《ぞんぶん》に使ってくれ」

「るぉう」

「心強すぎるわ……！」

相当重い荷物を曳《ひ》けて、でかい石槍を振り回せるオーガは、護衛《ごえい》役にも運び役にもぴったりだ。

体力が少し回復したキュックがこちらへやってくる。

ロックと目を合わせると、何か話しているかのように翼を動かしたり牙《きば》を覗《のぞ》かせたり鳴いたりしている。

「ふふふ。キュックは、ジェイの一番の友達だから取られると思っているのかしら」

「なんだ、キュック。そういうことかー？」

愛《う》い奴《やつ》め。

俺はキュックの背中を雑に撫《な》でた。

「キュックさんは、お頭のこと大好きのようですぜ」

「ビン、わかるのか」

「ええ。なんとなくですが。お頭と召喚契約した者同士だと、感情を読み取るくらいはできるようでして」

召喚獣同士だとそういう繋《つな》がりができるみたいだ。

召喚魔法と契約による召喚獣への影響は、いろいろと奥が深いらしい。

ちなみに、召喚時に必要な魔力は、キュックが一〇とするとロックは六くらい。

出し続けてもそこまで苦ではないが、長時間召喚し続けられるタイプの召喚獣ではない。

ちなみに、ビンだと必要魔力はキュックの二〇〇分の一くらいで、ほとんどコストを感じない。

その後ロックには、またビンの土木作業の指揮下に入ってもらい大木の運搬をさせた。

「ロックさんパねぇ！」

「あんな重たいもんを軽々と……！」

「おかげでむちゃくちゃ作業が捗《はかど》りましたぜ！」

ロックを見上げる作業員……もといビンの手下たち。

「るぉう……」

なんとなく、照《て》れくさそうなロックだった。

「か、肩に乗っても、いいか……？」

「お、オレも……」

作業が終わったあと、手下たちがロックに申し出ていた。

許可を求めるようにロックが俺をちらりと見てくるので、うなずいてやった。

「るぉ」

ロックがしゃがむと、

「イヤッホォーイ！」

いい年こいた男たちが、ロックの肩に乗ったり、腕にぶら下がったりしてはしゃいでいる。

でかくて強い存在っていうのは、男の憧《あこが》れみたいなものだからな。

「何はしゃいでるのかしら」

フェリクは首をかしげていた。

「でかくて強いっていうのは、正義だからな」

「はぁ……？」

「フェリクの嬢ちゃんには、まだ難しかったかぁ」

ビンもわかるらしく、したり顔をしていた。

「何よそれ。二人して」

不機嫌になるフェリクをよそに、ロックに群がる男たちが歓声《かんせい》を上げている。

「あのバカでけえ槍で戦うんだよな……!?」

「さっき見たんだが、軽々と振り回してたぜ……！」

「やっべぇ。頼もしぃ～」

口々に男たちが称《たた》えると、

「る、るお……」

また照れくさそうにロックが声を漏《も》らした。

新しい召喚獣は凄《すさ》まじいパワーを持つ照れ屋さんらしい。

「ロック対フェリク＆ビンと愉快《ゆかい》な仲間たちで戦闘の訓練もできそうだ」

「お頭……あんなのと訓練でも戦うなんざ、オレ様ぁチビっちまいますさぁ」

青い顔をしたビンが首を振っていた。フェリクも同意らしく激しく首を縦《たて》に振っていた。

「オーガくらい相手にできないのか」

「何よ、『くらい』って」

やや引いているフェリクが半目《はんめ》をする。

「駆け出しの私でもオーガは知っているわ。もし出現情報が出たら周辺数キロの住人を避難させるくらいの、超ぉ～～ヤバい魔物じゃない！　二年前に討伐《とうばつ》したって話を聞いたけれど」

「二年前なら、オレ様が見かけたヤツかもしれねえ。村がものの数分で更地《さらち》になりましたぜ？　見つからないように遠くから見てるだけだったが……ありゃ災害レベルだぜ……」

「二年前だと、たぶん俺が討伐したオーガだな」

「「……」」

「だからロックも訓練相手にちょうど」

「「いいわけないでしょ」」

いやいやいや、と二人して手を振った。

冗談ではなく、本気でいいと思ったんだが、めちゃくちゃ拒否された。

〈第2章〉　鉱山の町のヒューイ

夕日に照らされた鉱山から、作業を終えた鉱夫たちが汗《あせ》と砂埃《すなぼこり》をぬぐいながら出てきていた。

「ワン！」

そこを、一匹の白い大きな犬が尻尾《しっぽ》を振りながら主人の下《もと》へ駆け寄っていった。

「おぉ、おまえか。お出迎えありがとうよ」

顔に皺《しわ》を寄せて笑う主人は、わしわしと雑に犬を撫《な》でまわした。

「ワン」

「腹減ったって？　俺もペコペコだ。さあ、帰ろうぜ」

その白い犬は、男たちにとっての数少ない癒《いや》しであった。

「賢《かしこ》い子だよな」

「この時間になると決まって待ってるんだもんな」

「ついこの前迷い込んできたばっかだってのに、もううちの町のアイドルみてえなもんだよな」

男たちが口々に犬を褒《ほ》めた。

その白い犬が鉱山町を歩けば、子供たちが集まり、婦人は何かしらの食べ物を与えた。

黒い真ん丸の目に、白い毛を持つこの賢い犬は、愛嬌《あいきょう》と利口《りこう》さでみんなから愛されていた。

「飯《めし》欲しさに俺んとこに住みついてるだけだろうよ」

主人が冗談交じりに男たちに言った。

「ワン！　ワォン！」

「なんだよ。違うって？」

「ワフ」

話が通じているかのようなやりとりに、作業員の男たちは微笑《ほほえ》ましそうに目を細めた。

孤独な男が拾った孤独な白い犬は、この鉱山町の名物犬のようになっていた。

◆ジェイ◆

ロックが召喚獣として加わったことで、受けられる依頼の幅《はば》が広くなった。

これまで断っていた輸送系の依頼——お届け物や配達ってレベルではなく、重量のある資材の運搬《うんぱん》など——がロックのおかげで受けられるようになった。

「ジェイさん、依頼来てるよー」

食事がてらアイシェの酒場にやってくると、依頼があったらしく、手にした依頼票をひらひらと振って渡してくれた。

頼んだ料理を待つ間、依頼票を確認する。

依頼者は、ここから南東にある鉱山町の町長からだった。

「どんな依頼？　儲《もう》かりそう？」

料理を運んできたアイシェがにんまりと笑う。

親子で店を開いているだけあって、アイシェはそういうところがちゃっかりしているというか、抜け目がない。

「儲かるって感じではないけどな」

俺は苦笑いして料理に手をつける。

「依頼は、鉱山で採《と》れた銀やその他鉱石の運搬作業みたいだ。一回きりってわけじゃなく、しばらく滞在しての仕事だ」

「えー。じゃあ王都にはしばらく帰って来られないの？」

「引き受けると、そうなるな」

「ジェイさん、フェリクが寂《さび》しがるよ」

「どうしてそこでフェリクが出てくるんだ」

「ふふ。なんででしょー？」

アイシェが楽しそうに、くふふっと笑う。

この年頃にありがちな色恋絡《がら》みの話だろう、というのは想像がつく。

アイシェはことあるごとにフェリクをけしかけているが、実際どうなんだろうな。

当のフェリクから好意は感じるが、そういう好きではない気がする。

そのフェリクは、店に見えないあたり、冒険をしているところだろう。

でなければ、仲がいいアイシェのいるこの店にいるのがお決まりだった。

「ジェイさんって、マジメでそこそこ外見もよくて腕も立つのに、浮いた話が全然ないんだから」

「いいだろ、別に。放っておいてくれよ」

「あ――もしかして？」

アイシェの目が必要以上に輝いた。

なんか変な想像したな？

「あ、言っておくけど、男が好きってわけでもないぞ」

釘《くぎ》を刺すと、図星だったのか「なぁーんだ」とつまらなそうに唇《くちびる》を尖《とが》らせた。まったく、何を期待してたんだか。

アイシェは店の常連客とこんなふうに気安くしゃべる。もちろん俺だけではない。

他の客に呼ばれると、アイシェは愛想《あいそ》よく返事をしてくるんと踵《きびす》を返す。

去り際に「ゆっくりしてってね」という一言と愛らしいウインクも忘れない。

こういうところが、この店を人気店にしているんだろうな。

結論から言うと、この依頼を受けることにした。召喚獣がキュックだけなら断ったが、幸い俺にはロックがいる。

ロックがメインでの仕事は初でもあるし、どういう働きをしてくれるのか俺もきちんと見たいっていうのが正直なところだった。

フェリクには……言わなくてもいいか。あいつもあいつで忙しいだろうし。

俺は食事の代金をチップとともに置いて店を出た。


俺の噂《うわさ》……竜使いの運び屋が王都にいるという噂は、遠く離れたこの町まで届いていたらしい。

鉱山町にやってきた俺は、依頼主である町長の家へやってきていた。

「王都からここまでわざわざすまないな」

町長と言っても、歳《とし》の頃は四〇代半《なか》ば。

浅黒い肌《はだ》をしていて、胸も腕も肩も筋肉でパンパン。

町長というよりは、現場の作業長といった風情《ふぜい》だった。

「王都からここまでは、使役《しえき》しているドラゴンに乗れば半日ほどですから」

そこまで手間《てま》ではないと言いたかったのだが、町長は驚いたように目を丸くした。

「さすがは竜騎士殿……そんなに早く……」

「いやいや、そんな大したもんじゃありませんから」

町長はマードンと名乗った。この町は、鉱山の麓《ふもと》の町で、町民の大半が鉱夫とその家族だという。

この鉱山で主に採掘《さいくつ》される銀は、高級な加工品の素材になる。丈夫で品がある銀製品は、国内外で金持ちから需要《じゅよう》が高いのだ。

「採掘される銀は一カ所にまとめていて、一定数になると港町に運ぶんだが……この町がそうだと知られはじめちまったせいで、銀を狙《ねら》う盗賊《とうぞく》が多くて困っているんだ」

「ご依頼は、安全に運搬することでしたね」

「ああ。安全に運搬してくれるなら願ったり叶《かな》ったりだ。ただでさえ、荷運び人や護衛《ごえい》を雇《やと》わざるを得なくて大変だったからな」

マードンさんは、嘆《なげ》くように首を振っている。

銀で町全体が儲かっているが、その分支出も多いんだろう。

今も護衛を何人か雇って、採掘した銀を盗賊から守ってもらっているらしい。

「そういうのは冒険者に依頼してるんだ。ほら、あれ」

マードンさんが窓から見える集積場を指さした。

ちらっと目をやると、暇《ひま》そうに集積場をウロウロしている人影があった。

「マードンさん。冒険者でも、人によってはネコババしかねませんから気をつけたほうがいいですよ」

「わかってる。今回来てくれたお嬢ちゃんは、ちゃんとしてそうだから大丈夫だろう」

「女性冒険者でしたか」

どんな人なのか、と俺は窓の外に目を凝《こ》らす。

よーく見ると、長い赤髪を手持ち無沙汰《ぶさた》にイジっている、俺のよく知る女の子がいた。

誰かと思ったらフェリクだ。

まあ、たしかに、ネコババするようなやつじゃないな。

「彼女ですか」

「知ってるのかい？」

「はい。知り合いです。あの子なら問題ないでしょう」

「そうか。凄腕《すごうで》のあんたが保証してくれるなら間違いないんだろうな」

どういうふうに俺のことが伝わっているのかわからないが、持ち上げすぎじゃないか？

それだけ、ドラゴンを使役するっていうのは珍《めずら》しいことでもあるが。

報酬《ほうしゅう》は、本来荷運び人に支払う分がもらえるらしい。

軍だのなんだのにもらった報酬からすると安いかもしれないが、先方の懐《ふところ》事情を考えれば結構出してくれたほうだろう。

改めてその話になると、俺は断るつもりはなかったのでふたつ返事でうなずいた。

「港までの運搬は、数日置きだ。ちょうど明日がそうだから頼む」

「わかりました」

握手を交わして契約成立。

マードンさん宅をあとにすると、暇そうにうろうろしているフェリクに声をかけた。

「よお、フェリク」

「え？　ジェイ――！」

主人を見つけた子犬のように、フェリクが駆け寄ってくる。

「どうしてここに？」

「依頼があったんだ。銀を安全に目的地まで運んでくれって」

「そうだったの。私もクエストで、その銀を運び終えるまで盗賊から守ってほしいって」

「奇遇《きぐう》だな」

たまたま俺とフェリクの依頼先が同じだったようだ。

訊《き》いていくと、滞在する期間もほとんど一緒だった。

日中の警備担当がフェリクで、夜はまた別の者が担当しているそうだ。

俺は警備クエスト中のフェリクに、この町のことを色々と訊いた。

寝泊まりできる宿も酒場もひとつで、とくに酒場は毎晩大盛り上がりを見せるらしい。

しばらくフェリクとは毎日顔を合わせることになりそうだ。


ロックの手にかかれば、銀が詰め込まれた荷車を一人で楽々と曳《ひ》くことができた。

マードンさんはロックの仕事ぶりを見て感嘆《かんたん》の声を上げている。

「はぁぁぁ……。ドラゴンが運ぶのかと思ったが、こんなスゴイ奴《やつ》がいるんだな」

「キュック……ドラゴンで運べるのは背中に乗せたり、爪《つめ》で摑《つか》めたりする物に限られるので、あまり重い物は運べないんです」

「はぁー。なるほどなぁ」

また感心するマードンさん。

そのころには、ロックは曳くのをやめて「これでいいのか？」と問いたげにこっちを見ている。

「問題なさそうだな。これで頼むよ。竜騎士殿」

「わかりました。では、空《から》にして戻ってきます」

荷車には、銀がこんもりと積み上げられており、その上から中身がわからないように布を被《かぶ》せロープで何重にも縛《しば》って固定。全部で五台ある荷車をロックが曳いていく。

車輪がついている分、一度曳きはじめたら大したパワーは必要ないみたいだけど、マードンさん曰《いわ》く、通常は一台あたり大の男が六人がかりで押さないと進まないとか。

俺は山になっている荷車の荷台の一つに腰かけた。

「出発だ」

「るぉおぅ！」

俺の合図でロックが歩き出す。集積場で仕事をしている鉱夫たちに手を振られ、俺も手を振り返した。

屈強《くっきょう》な男たちが仕事しているのをフェリクが見守り、ときどき周囲に目を光らせていた。

盗賊レベルなら、フェリクの魔法があればビビって逃げるだろう。

あたりを眺《なが》めていると、鉱山の出入り口に白い大型犬が一匹いた。

きっと、ご主人様が中で仕事をしているんだろう。帰りを待っているってところか。

安全に港町まで運搬して戻ってくるのが俺の仕事なわけだけど、ロック一人いればなにも問題はなさそうだ。

片方の肩で石槍《いしやり》を担《かつ》ぎ、もう片方の肩には荷車に繋《つな》がっているロープをかけている。

挑んでタダで済むような相手じゃないことは、遠目に見てもわかるだろう。それでも強奪しようとするバカがいれば対処するまでだ。

俺の出番がないくらい完璧《かんぺき》な抑止力であることはたしかだった。

無事に港町の倉庫に届けると、帰り道、ロックは走った。

パワーがあってガタイがいいから意外かもしれないが、これが案外速い。おかげで夕方には町に戻ってこられた。

「おいおい、もう帰ってきたのか」

と、マードンさんは驚いていた。

「帰りは、あの召喚獣が走ってくれたので」

正直、俺もロックがこんなに速く走れるとは思っていなかった。

「そうかもしれないが……普段は行ってくるだけで五日かかるんだぞ」

それだけ大変な荷物なのだとマードンさんは言う。

「人も時間も金もかかる……それを数時間で……。――頼もしいったらありゃしねえな」

ガハハ、と笑って俺の背中をバシバシと叩《たた》いた。

「奢《おご》るよ、竜騎士殿。酒場に行こうぜ」

誘われるまま、俺はマードンさんについて行く。

途中、一匹の犬のことを思い出して尋《たず》ねてみた。

港からの帰りも、鉱山の出入り口にいるのを見かけた。

最初に見たのと同じ場所で、ずっと暗い穴倉《あなぐら》を見つめていたのだ。

「あの犬って、健気《けなげ》で可愛《かわい》いですね。主人の仕事が終わるのをあそこでずっと待っているんですか？」

気軽に尋ねると、陽気で豪快なマードンさんの表情が曇《くも》った。

「ああ……。ヒューイのことだな……」

あの犬の名前のようだ。

酒場にやってくると、時間が早いせいか客はまばらだった。

俺はマードンさんと同じ酒を頼んだ。

二杯分の麦酒《ビール》がテーブルに置かれると、ちびりと酒を口にした。

「この町にしばらくいるんなら、ヒューイのことはいずれ誰かから耳にするだろうから、先に教えとくよ」

前置きすると、沈痛そうに眉《まゆ》をひそめてヒューイのことを教えてくれた。

「ヒューイは、オレたちの仕事仲間のヘイルが大切に飼ってたワン公だ。元々、迷い犬みたいでな。ある日この町に現れたんだ。……賢くて人懐《ひとなつ》っこい性格で、町の誰かを見つけりゃブンブン尻尾を振って遊んでくれってせがむような犬だった。けどな……鉱山の奥で落盤事故が起きて、飼い主は帰ってこられなくなった」

道理で真面目《まじめ》な顔つきになるわけだ。

「そうでしたか……」

「まあ、直接死んだのを見た奴はいねえんだがな、大岩で塞《ふさ》がれちまってんだ。……もう三カ月前のことだよ」

仲間が諦《あきら》めるには、十分な時間と言えた。

だが、ヒューイは、誰が何を言ってもあの場から動こうとしないという。

連れて帰っても、しばらくするとあそこに戻っているそうだ。

「泣かせるじゃねえか。なあ。ヘイルがあそこから出てくるのを待ってんだよ」

ぐすん、とマードンさんが鼻をすすった。ヒューイのことは大して知らない俺でも、もらい泣きしそうになる。

飼い主と飼い犬だけど、もし俺がヘイルだとして、キュックをヒューイに置き換えたら、もう感情移入するなってほうが無理だった。

ただの飼い主とペットじゃなかったってことだよな。

涙がこぼれそうになるのをどうにか堪《こら》えた。

それを見たマードンさんが、元の陽気な笑い声を上げた。

「ガハハ。竜騎士殿、あんたいいやつだな」

「いや、泣くつもりはなかったんですが」

「この話はみんな知ってるし、これ以上深く訊かないでやってくれ。美味《うま》いもんもマズくなっちまうからな」

マードンさんは、話が一段落した証《あかし》のようにグイっと杯を呷《あお》って空《から》にした。

店内の客が徐々《じょじょ》に増えていくと、みんな俺の話を聞きたがった。

隠すようなことではないので、冒険者時代の話を少しした。

出会った魔物だったり、見つけた貴重な品なんかの話をすると、酒場は大いに盛り上がった。

そういえば、フェリクの姿が見えない。宿でゆっくりしているんだろうか。

あまり遅くならないうちに酒場を出て、宿屋に顔を出す。店主が言うには、まだ戻ってないという。

暗くなった町を歩き回っていると、鉱山の入口近くにランタンの灯《あか》りがぽつんとあった。

ヒューイの隣にフェリクが座っているのが見える。そばまで行くと、俺はフェリクに声をかけた。

「何してんだ。こんな時間に」

「ああ、ジェイ。食事を一緒に食べていたの」

スープが入っている皿が二枚。フェリクの手にはパンもあった。

スープ皿の一枚は、ヒューイのものだろう。

「全然帰ろうとしないのよ。どこの子なのかしら」

フェリクは慣れた手つきでヒューイの背中を撫でる。

「この犬は、ヒューイって名前らしい。……ここに留まるのにはわけがあるみたいだ」

「わけ？」

知らないみたいだったので、俺はさっき聞いた話をフェリクにした。

話が終わると、ぐすぐす、とフェリクは泣きはじめた。

「あなた……ずっと待ってるのね」

「つーわけだ」

「この子に何かしてあげられないかしら」

「何かって？」

気持ちは俺も同じだった。できることなら何かしてあげたいってのは、俺もそうだ。

「飼い主のヘイルさんを見つけてあげるのよ」

「…………望みはほぼないが、何も知らずに待ち続けるよりは、いいのかもな」

俺亡きあと、キュックが同じように俺の帰りを待っているなら、悲しい思いをさせるかもしれないが、俺が死んだことを理解して、そのあとは自由に暮らしてほしい、と思う。

一般的に召喚士が死亡すれば、契約は解除され召喚獣は自由の身となる。だから、俺が死んだらキュックたちはたぶんわかる。

キュックは案外ビジネスライクで、俺の死後は、さっさと自由を謳歌《おうか》するかもしれないな。

「ちょっと、捜してみるか」

鉱山に夜の作業はないらしい。

俺とフェリクは、赤ら顔のマードンさんに許可を取って中に入ることにした。

鉱夫たちでも扱えるわずかな魔力で照明を点灯させる。内部が明るくなると、奥に向かって歩き出した。

「魔物は……出ないわよね……？」

ビビっているのか、フェリクが俺の服の裾《すそ》を掴んだまま離さない。

「出ないだろ。もし出るんならまともに仕事できないだろうし」

「そ、それもそうよね」

と口で言ってても不安なのか、きょろきょろ、と周囲に目をやっている。

採掘した銀や邪魔な石や岩を外に運び出すためのトロッコがあり、それを走らせるレールを道しるべにして奥へ進む。

許可を取る際に、どの場所で塞がれたのか聞いていたので、迷うことはなかった。

「ここだな」

そこは、レールの上を大きな岩や石が塞いでおり、先に進めなくなっていた。

向こうへ行けそうな隙間《すきま》はない。ネズミなら通れるかもしれないが、子供でさえ人一人は無理だ。

「ふんんんんんんん！」

フェリクが岩を両手で力の限り押していた。

「ぬぬぬぬぬぬぬぅッ！　――ちょっと何見てるのよ！　手伝いなさいよ！」

「あのな、フェリク。俺たち二人が頑張って動かせるなら、もう取り除いてると思わないか？」

鉱夫たちはいずれも屈強でムキムキ。単純な腕っぷしなら俺よりも強いだろう。

彼らが何人もいて、いまだに救助できてないということは、これを動かすことはできないという何よりの証拠だった。

「…………………」

す、とフェリクが真顔《まがお》になって岩を押すのをやめた。俺の説明に納得がいったらしい。

「力ずくじゃ無理だ」

「先に言いなさいよっ」

「ちょっと考えればわかるだろ」

呆《あき》れながら言うと、ムキになったフェリクが数歩下がった。

「おい。何する気だ」

「魔法で吹っ飛ばすわ」

「やめろ。他の通路に岩石が落ちる可能性がある。派手《はで》なやつは無理だ」

「じゃあ、キュックがブレスでこれを粉砕《ふんさい》するのも無理？」

「当たり前だろ」

俺がはっきり言うと、フェリクは小難しそうな顔をする。

どうやら、ど派手にドカンとやれば障害物がなくなるというイメージだったらしい。

鉱山内の繊細《せんさい》な状況は考えてなかったんだな……。

「じゃあどうするのよ」

「話を聞いたときに、もしかするとって思ったことを試したい」

「？」

首をかしげるフェリクをよそに、俺は剣を抜く。

「ま、まさか斬《き》るつもり!?」

「ああ」

「折れる！　絶対に折れるわ！　たしかにジェイは凄腕かもしれないけれど、さすがにこの大きな岩をズバンといけるなんて、そんなの無理よ」

「だから試すんだ」

俺が本気だとわかったフェリクが距離を取って、じっと注目する。

俺は一歩下がって、剣を水平に構えた。

……分厚そうな岩だ。ビクともしないってことは、相当でかいんだろうな。

俺の剣の腕が試されているみたいで、こんなときなのにワクワクしてしまう。

水平に構えた剣を上段にゆっくりと構え直す。

俺は一歩踏み込むと同時に、気合いの声を上げた。

「オォッ！」

体重を乗せて全力で大岩に斬撃《ざんげき》を打ち込む。

火花が一瞬散ると、ガギィイイーン、と甲高《かんだか》い音が鉱山内に響いた。

岩が砕《くだ》けることはなく、姿も変わらないままだ。

手応《てごた》えはあったんだがな……。

「やっぱダメか」

「ほら見なさいよ。……でも、こんな岩に叩きつけても剣は折れないのね……」

フェリクは目をすがめながら、マジマジと俺の剣を見つめる。

「刃こぼれもしてないわ。あんな気迫で岩に斬りかかって、そんなことあるの？」

信じられない、とでも言いたげに、俺と刃《やいば》を見比べた。

「イイ感じだったんだけどな……」

俺がボヤいたときだった。

ゴッ――。

ゴゴゴゴゴ……。

重そうな物音と砂埃を上げて、岩と周囲の石が崩《くず》れはじめた。

俺が斬ったところから徐々にズレはじめたのだ。

「き、斬れてる────!?」

目を真ん丸にして驚くフェリク。

「危ねぇ」

頭に瓦礫《がれき》が当たるといけない。

俺はフェリクをかばうように前に立ち、片腕と手でフェリクの頭を守った。

こんなことなら、防具屋で鉄製のヘルムでも買ってくればよかったな。

物音と砂埃が収まると、ほっと一息ついた。

岩が崩れた影響で、他が崩れることはなかったみたいだ。

「じぇ、ジェイ……」

「ん？　ああ、悪い」

いつの間にか、抱きしめているような状態になっていた。

俺の胸にフェリクは顔をくっつけて、耳の先まで真っ赤にしている。

「い、いきなりこんなこと、困るわ……」

フェリクは抗議するように両手で俺の腰のあたりをぽかぽか叩く。

決して嫌がっているわけではないらしく、腕をほどいても体勢はそのままだった。

「仕方ないだろ。岩とか落ちてきて直撃したら怪我《けが》しちまう」

「え？　あ。そういう……」

頬《ほお》を染めたフェリクスは、ぱちくりと瞬《まばた》きを繰り返して、すっと離れていった。仕切り直すように、おほん、と咳《せき》ばらいする。

「心配には及ばないわ。……でもその……あ、ありがと……」

「気をつけような、お互い」

フェリクは顔をそむけると、両手で頬を押さえた。

「何してるんだ？」

「頬が熱いの。……放っておいて」

そう言うので、俺はフェリクのことは放っておき、斬った岩を改めて確認した。

俺が斬ったあと、ゆっくりゆっくりと肉眼ではわからないくらいズレていき、ああなったらしい。

塞がっていた部分は、今ではぽっかりと穴が空《あ》いている。

「フェリク、行こう」

俺はまだ頬を押さえているフェリクに声をかけて、先に岩の残骸《ざんがい》にのぼっていく。

岩の向こう側にやってくると、空気が停滞しているのがよくわかる。

あとに続いてきたフェリクに手を貸して、ゆっくりと着地させた。

「変なところで紳士なのよね……この人」

おい、聞こえてるぞ。

俺とフェリクは奥へと足を進めた。マードンさんの話では、そこまで奥行はないはず。

レールもすぐに途切れている。

だが、それとは別に通路らしきものがあった。まったく整備されていない様子からして、横穴というか、洞窟《どうくつ》のようだった。

「こんな洞窟があるって話は聞いてないが……」

マードンさんも知らなかった場所ってことか。

「見て。これ」

フェリクが洞窟の入口あたりの壁を指さした。

「まだ露出《ろしゅつ》して間もないわ」

「最近になって露出したってことは、何かの弾《はず》みで塞がっていたものが開いたのか」

「ヘイルさんが閉じ込められたときじゃないかしら」

「ありえるな」

岩が崩れた余波《よは》で、それまで塞がっていたここも崩れた――。

可能性としては考えられる。

そして、ここに来るまでヘイルさんらしき人物は見かけていない。

……いるとすれば、この奥だな。

そのときだった。ワンワン、という犬の鳴き声がした。

異変をかぎつけたのか、それとも何か感じ取ったのか、ヒューイがここまでやってきていた。

フェリクが頭や喉《のど》のあたりをわしわしと撫でた。

「どうしたの、ヒューイ？」

「ワフ」

「あなたも捜しに来たのね」

ヒューイはすんすん、と鼻をひくつかせていた。

「ヒューイ、主人のにおいはわかるか？」

この先、どうなっているのかまったくわからない。だが、主人のにおいがわかるヒューイがいれば――。

「ワフ」

口の中で小さく吠《ほ》えると、鼻を地面に近づけてにおいを嗅《か》いだ。

すると、迷いなくヒューイは洞窟の奥へと進んでいく。

俺とフェリクもあとを追った。

洞窟《どうくつ》内は、手つかずの鉱石が壁一面に埋まっており、それらが淡い光を放っている。

幻想的な光景ではあるが――。

たくさんいる蝙蝠《こうもり》型の魔物が、キャキャキャキャ！　と笑い声のような鳴き声を上げて俺たち目がけて飛んできた。

「フッ」

即座に剣を抜き放つと、間合いに入っていた魔物が何匹も両断され地面に転がる。

フェリクはビビっているのかと思いきや、腰の細剣で二匹を串刺《くしざ》しにしていた。

「お。やるな」

「ふふふ。私だって、成長しているのよ」

魔法ばかりではなく、きちんと剣の鍛錬《たんれん》も積んでいたようだ。

「魔法に頼りっぱなしはよくないって、アドバイスをもらったから」

「いいアドバイスだな」

「……あなたが言ったのよ？」

「あれ、そうだったか」

全然覚えがない。俺が言って、自分で共感しているなら世話ないな。

苦笑いをする俺に、フェリクが呆《あき》れたように笑《わら》う。

「物音を立てられないとき、魔法を放つ時間が惜しいとき、そんな時間がないとき、絶対使えたほうが便利だからって」

「言ったような、言ってないような」

理に適《かな》っているし、俺好みでもある。

……いや、俺がフェリクに教えてるんなら当然か。

「優秀なソロ冒険者らしい、ワンマンアーミー的な発想よね。普通は、誰かとパーティを組んで得意分野に特化していくのが定石《じょうせき》なんでしょ？」

「ああ。……一人で冒険ってのは、確かに危険だけど、仲間が紳士的で安全な奴《やつ》らって保証もないからな」

長くやっているせいで、ゲスな話をたくさん聞くんだよな……。

冒険で一番危険なのは、環境でも魔物でもなく仲間だった、なんてオチがつく話はそこらじゅうに転がっている。

酒が入って仲間内でバカ騒ぎする奴らは、ゲス話を自慢するように大声で語るから、嫌でも聞こえてしまう。

　冒険者がお宝を目指して行く場所なんて、ほとんど人けがない所ばかりだしな。

　フェリクみたいに、品があって顔がよけりゃ、建前《たてまえ》はパーティメンバーの誘いだとしても、そっち目当てで声をかける奴も多いはず。

　だから、『ジェイの冒険塾』（今適当に考えたが）としては、女性冒険者こそソロでなんとかできるようになろう、と教えている。

「私のこと、心配してくれているのね」

「そりゃな。性根が真《ま》っ直《す》ぐな後輩冒険者には、よくしてやりたいって思うのが先輩心ってものだ」

「……それだけ？」

「それだけって、何が」

「……なんでもないわ」

　ちょっと機嫌が悪くなったフェリクは、そっぽを向いた。

　ヴゥ、と足元でヒューイが俺を睨《にら》んでいた。

　な、なんだよ。二人して。

　ともあれ、ヒューイの嗅覚《きゅうかく》は絶好調らしい。

　何度か分かれ道に出くわしたが、迷うことなく奥へ奥へと進んでいった。

「ワンッ――」

ヒューイが短く吠《ほ》えると、俺も気配を感じ取った。

「ヒューイ、どうしたの？」

「ワン！」

吠えているのは奥のほう――そっちから、獣《けもの》クサイ強烈なにおいがかすかに流れてきている。

五、六体？　……いや、もっといるか。

「フェリク、魔物がいる」

「……！」

ヘイルさんが鉱夫で屈強《くっきょう》な男だったとしても、多数の魔物を相手には戦えないだろう。

そうなると、やっぱり……。

「けど、あっちなのよね。ヘイルさんがいる方角は」

「みたいだ」

俺が先頭に立ち、物音を立てないようにゆっくりと足を進める。

ようやく行き止まりだと思ったそこは、これまでの洞窟の道が嘘《うそ》だったかのように天井が高く、一面が開けていた。

人の手が入っているのがわかるほど、地面は平らだった。

魔物がたくさんいることがわかる。

うっすらとした人型の体は半透明で、目と口らしきものは楕円形《だえんけい》で真っ黒。幽幻種《ゆうげんしゅ》のムクロと呼ばれる霊《れい》の魔物だった。

あの獣のにおいはムクロのものじゃない。他にいるはず。

目を凝《こ》らしていると、奥に巨大な影があるのがわかる。あいつだ。

そのとき。

ヒューイがいきなり目を吊《つ》り上げて激しく吠えた。

「ワンッ！　ワン！　ヴヴヴ……ッ！」

影が動く。

ムクロも一斉《いっせい》にこっちを向いた。

「あ、ヒューイ、ダメ。しーっ、しーっ」

フェリクがヒューイを静かにさせようとするが、もう無意味だろう。

「ブォォォォォォオオオオ!!!」

影が応じるように咆哮《ほうこう》する。

ビリリリリ、と空気が震撼《しんかん》し、パラパラ、と頭上から瓦礫《がれき》が崩《くず》れ落ちてくる。

フェリクが思わずといった様子で二、三歩後ずさった。

その本能的な忌避《きひ》は正しいだろう。

ズン、ズン、と一歩一歩近づいてくるそいつは、頭は牛で、首から下は、巨人と呼んでも差し支えない人間の体型をしている。

巨木のような腕で、手には巨体に見合った巨大な戦斧《せんぷ》が握られていた。

「ミノタウロスだ……」

幻獣種《げんじゅうしゅ》──。

伝説やおとぎ話に登場する牛の頭を持った化け物だ。

さすがに俺も目にしたのははじめてだ。

「みっ、みみみみ……!? あの、ミノタウロス!?」

「おそらくな」

逃げるのも手だが「ヴゥゥ」とヒューイは戦意を向けている。他にも敵はいるのに、ミノタウロスだけを睨んだまま目をそらさない。

ミノタウロスがヘイルさんと何か関係あるのか？

「フェリク、やるぞ」

「あー、もうっ」

俺が剣の柄《つか》に手をかけると、フェリクも再び細剣を抜いた。

「倒せるのよね!?」

「まずはムクロを一掃《いっそう》する。そのあとあいつだ」

「それを待ってくれればいいけれど」

こっちの都合なんて向こうは関係ないからな。

だが、俺には仲間がいる。

「召喚《サモン》――！」

俺は召喚魔法を発動させた。

この空間なら、存分《ぞんぶん》に力を発揮《はっき》できる。

「キュオオオオ！」

「るぉぉぉぉぉ！」

淡い光に包まれたキュックとロックが姿を現した。

キュックの背中に乗ると、ロックはフォンフォン、と石槍《いしやり》を頭上で回してミノタウロスを見《み》据《す》える。

「ロック、しばらく時間を稼《かせ》いでくれ。できるな？」

「るぉ」

体格は若干《じゃっかん》ロックが劣る。けど力比べなら負けないはずだ。

ロックは巨体を揺らしてミノタウロスへ接近する。

「ブォォ！」

ミノタウロスが振り回す戦斧を、ロックは石槍で受けた。

ドガァン、と爆音が響きわたり鼓膜《こまく》を揺らす。

よし。ロックならなんとかやってくれる。

すーっとムクロが俺たちへ近寄ってきていた。さっさとこいつらを始末しないと。

フェリクの手を引いて俺の後ろに乗せた。

踵《かかと》で合図をすると、一度吠えたキュックが敵中へ走り出す。

ムクロへ向けて斬撃《ざんげき》を放つが、スッとすり抜けられてしまう。

やっぱりダメか。

「ジェイ、どうするの？　魔法もここじゃ派手《はで》に撃てないし……」

「ガーゴイルをやったときの攻撃を覚えているか？」

「私が放った魔法に合わせてジェイが剣で攻撃するアレ？」

「ああ、アレをやる」

「そんな難しいことしなくても、もう大丈夫よ！」

自信に満ちたフェリクの発言に俺は首をかしげた。

「どういうことだ？」

走り回るキュックをムクロたちが追いかけてきている。他方、ミノタウロスとロックの雄叫《おたけ》びが響き合い、戦斧と石槍が激しくぶつかっていた。

「あれをヒントにして、覚えたのよ」

俺が持っている剣にフェリクが手をかざすと魔法陣が展開された。

「エンチャント」

フェリクが魔法を放つと、俺の剣の刀身《とうしん》が、赤い炎で包まれた。

この前のような即席じゃなく、魔法剣士がよくやる基本戦術の一種だった。

「言ったじゃない！　成長してるってね」

「頼もしくなったな」

キィー、と耳障《みみざわ》りな軋《きし》んだ鳴き声を上げながら、ムクロがキュックに飛びつこうとする。

俺が接触を防ぐため火炎をまとう剣を振るうと、悲鳴とともに炎上し消えてなくなった。

「よし、いける」

「後ろ側は任せて」

自分の細剣にもエンチャントを施《ほどこ》したフェリクが、一体一体丁寧《ていねい》に攻撃していき、ムクロを倒していっている。

この調子ならあと少しで――。

ふと、出入り口が目に入った。そこにいるはずのヒューイがいない。

あれ。どこ行った？

俺は見失っていたが、フェリクはどこにいるのかきちんと捉《とら》えていたようだった。

「ヒューイ、ダメ！」

フェリクが声を上げる。ヒューイはミノタウロスに飛びかかろうとしているところだった。

「ブフォフォフォ」

嘲笑《ちょうしょう》するような鳴き声を上げるミノタウロスは、飛びついてきたヒューイに虫を払いのけるように片手を振った。

ぎゃうん、とヒューイは鳴き声を上げて地面に転がるが、すぐに立ち上がった。自慢の白い毛はもうずいぶん汚れてしまっている。

直後にロックがミノタウロスを攻撃する。

「るぉぉぉアァァアッ！」

「ブルォォォォォォ！」

石槍と戦斧が交わり、ドォンと轟音《ごうおん》が鳴ると衝撃波が広がった。

――元々脆《もろ》かったのか、それとも伝説の魔獣が持つ戦斧はタダモノじゃないのか、ロックが持つ石槍が砕《くだ》かれてしまった。

「るぉ――!?」

虚《きょ》を衝《つ》かれ、ミノタウロスの体当たりを受けたロックが、壁に叩《たた》きつけられた。

「ロック！」

あっちも心配だが、こっちも危うい。ムクロはどこからともなく湧《わ》いて出てくる。

倒しても倒してもキリがない。

ヒューイがまたミノタウロスのほうへ走り出した。

……ヒューイは、いつからああしてるんだ――？

もうボロボロだぞ。

まさか、戦いがはじまったときからか。

……キュックにブレスを吐いてもらってムクロを一掃してもらうか？

いや、鉱山内でそんなことをすれば、俺たちが生き埋めになる可能性がある。

ブレスは撃てない。

「私とキュックでこいつらを引き受けるわ。ジェイは行ってあげて！」

「けど、フェリク」

「行ってってたら！　私をそんなにナメないでちょうだい！」

「言うようになったな。……わかった、任せた！」

俺はキュックから飛び降りてミノタウロスに向かっていった。

◆ヒューイ◆

ヒューイは大きく吠えた。

あの巨大な魔獣が持つ武器から、主《あるじ》のにおいがするのだ。

この淀《よど》んだ空気の中でも、はっきりとヒューイは感じ取っていた。

「ワンッ」

四肢《しし》を目いっぱい前後に動かし、素早く接近し飛びかかる。

「ブォ……!?」

爪《つめ》を突き刺し、牙《きば》を立てるが、ミノタウロスが意に介《かい》した様子はなかった。

体を摑《つか》まれ、放り投げられる。

ドン、と背中から壁にぶつかり、ヒューイの視界が一瞬暗くなる。

『おまえ、野良《のら》か。一人なんだな』

どこからか主の声がした。

『食い物、これ。食えよ。腹減ってんじゃねえかと思ってな。警戒《けいかい》すんな。悪いモンじゃあねえからよ』

ヒューイは歯を食いしばり、言うことを聞かない足を踏ん張り、再びミノタウロスを睨みつける。

「ヴゥゥ————!」

この巨獣が主に何かしたことは明白だった。

ミノタウロスは、ドンドン、と大きな足音を立ててヒューイに迫ってくる。簡単に踏みつぶされてしまいそうな足からヒューイが逃げると、股《また》をくぐって踵に嚙《か》みついた。

臭くて固い。最低な味がした。

ミノタウロスに蹴《け》り飛ばされると、ヒューイは長い間、宙を舞った。

『今からヒューイって呼ぶからな。反応しろよ。名前は勝手につけた。異論は認めん。いいな?』

『ワン』

主は、なんとなくそれっぽいからという簡単な理由で、野良犬にヒューイと名付けた。それから主……ヘイルがよく世話をしているということでヘイルの飼い犬としてヒューイは町の人たちから認知されるようになった。

名前があり、それを呼ばれるのは、これほど幸せなことだったのか。

主と暮らしていく中、ヒューイはそう実感するようになっていった。こんな毎日が続くのだと思っていた——。

ドシン、とヒューイの体が地面を転がった。

「ブォォォ……!」

「……ワン……ッ!」

……主に何をした。

間違いなく、主のにおいがするのだ。

砂埃《すなぼこり》と流れた血で汚れたヒューイは、再びゆっくりと立ち上がった。

「ヒューイ、もういい!　離脱しろ!」

ジェイが叫んでも聞かなかった。

また飛びついたヒューイは、足に噛みつく。

その足が大きく振り上げられるが離さなかった。

煩《わずら》わしくなったミノタウロスは、再びヒューイを掴み地面へ放り投げる——その瞬間、ジェイが滑り込み、ヒューイの体を抱きかかえた。

衝撃はあれど、おかげでダメージはなかった。

ジェイの腕は、主の腕を彷彿《ほうふつ》とさせた。

◆ジェイ◆

地面に叩きつけられそうなところを、俺は滑り込んで抱きとめ、ヒューイを守った。

「ワン……ワン」

ヒューイが弱々しく吠える。

賢《かしこ》いヒューイがあれだけの執念を見せたということは、奴がヘイルさんに何かをしたことは明白だった。

走って元来た道を戻っていき、安全な場所にそっとヒューイを寝かせた。

ぜえぜえ、と呼吸が荒く、怪我《けが》もたくさんしている。

俺は常備薬として持っているポーションをヒューイにゆっくりと飲ませてやった。

怪我はすぐに治らないが、安静にしていれば命の危険はないだろう。


「あとは任せろ」


頭を優しく撫《な》でて、俺がミノタウロスのいる部屋へ駆け戻ると、フェリクとキュックが二手に分かれてムクロを引きつけてくれていた。

ロックはミノタウロスと組み合って膠着《こうちゃく》状態だ。

フェリクがかけてくれたエンチャントの効果はまだ続いており、俺の剣が纏《まと》った炎は、獲物《えもの》を求める獅子《しし》の鬣《たてがみ》のように揺らめていた。

「ロック！」

俺が声をかけると、さすがは召喚獣。意図を一瞬にして読み取ってくれた。

組み合っていたミノタウロスからすっと離れた。

……巨大な敵を相手にするときは、足元からと相場が決まっている。

「オォォッ！」

ヒューイの覚悟は、決して無駄にはしない。

一直線に接近し、勢いそのままにふくらはぎあたりに渾身《こんしん》の炎撃を叩き込んだ。

「ブォァア!?」

肉が焼ける音がし、傷口の上で炎が燃え盛る。堪《こら》えきれずミノタウロスが思わず膝《ひざ》をついた。

俺に気づいて睨むと、片手で握った戦斧を横に薙《な》ぎ払う。

敵のパワーは一級品で、力比べをすれば俺が勝つ余地なんてないだろう。

だが、間合いに捉えてしまえば、動作は鈍《にぶ》いし機敏な動きもできない。こっちが攻撃する隙《すき》がたくさんあった。

ブオン、と風を切る戦斧を飛んでかわすと、次に狙《ねら》ったのは、武器を持つ手だった。

振り終わりを狙った俺は、腰だめに剣を構え、体当たりの要領でミノタウロスの手に切っ先を突き立てた。

「ブォォあああああああ――――ツッツ!?」

悲鳴が響き渡り、ミノタウロスが戦斧を落とした。

これで戦意も下がるだろうと思ったが、まだ目は死んでいない。怒りを滾《みなぎ》らせたミノタウロスは、咆哮《ほうこう》を上げてもう片方の腕を地面に何度も叩きつけた。

グラグラ、とそのたびに地が揺れる。

何だ。何をしている……!?

「ブオオオ！　ブォオオオオオオアアアアアアアッッッッ！」

そのときだった。ゴロロ、という雷鳴《らいめい》のような嫌な音が頭上から聞こえてきた。すぐさま、ドン、ドシン、と大きな岩がいくつも周囲に落下しはじめた。

これを狙ってたのか。

「きゅ！　きゅぉぉ」

キュックは器用に走り回り、落ちてくる岩を回避している。フェリクはヒューイが休んでいる通路まで退避していた。

「るぉ！」

俺の真上に落ちてきそうな大きな岩を、ロックが殴ってミノタウロスのほうへ弾《はじ》き飛ばした。

「ロック！　助かった！」

むふーっとロックは得意げだった。

ミノタウロスは、まだ地面を叩くことをやめない。このまま自分もろとも俺たちを生き埋めにしようって魂胆《こんたん》か。

片膝をつくミノタウロスは、再び戦斧を片手で持つ。

俺を真っ直ぐ見据えているあたり、よっぽど俺は奴を怒らせたらしい。

「ブォアアア！」

戦斧を思いきり俺のほうへ投擲《とうてき》してきた。

それを、そばにいたロックが前に入ることで身を挺《てい》して守ってくれた。

これ以上暴れさせると、ここはよくても帰り道が塞《ふさ》がってしまう可能性がある。早くこいつを止めないと。

俺はロックの横から飛び出すと、一直線にミノタウロスへ向かった。

よだれを飛ばして何か喚《わめ》くミノタウロスは俺を摑もうとする。それを逆手にとって、俺は迫ってくる手のひらに、また剣を突き立てた。

人型であれば、腱《けん》もきっと存在するはず――。

比較的狙いやすい手首を斬《き》り刻《きざ》む。すると、固い何かを斬った手応《てごた》えがあった。すぐに効果は現れ、ミノタウロスの手は開いたまま閉じることはなかった。

いつの間にかエンチャントの効果が切れていることに、俺はようやく気づいた。

「ジェイ！」

再びキュックに乗ったフェリクが魔法を施してくれる。

俺の剣が息を吹き返したかのように、轟々《ごうごう》と赤い炎を滾らせた。

ミノタウロスに最接近すると、俺は上段に構えた炎剣を力の限り振り下ろす。

紅《あか》い斬閃《ざんせん》が弧《こ》を描き、ミノタウロスに炎撃を刻んだ。

悲鳴が聞こえるが、俺は手を止めなかった。

この巨体を一撃でやれるとは思っていない。

一撃一撃と、渾身の斬撃をミノタウロスへ放った。

七度を数えたとき、ひときわ大きな鳴き声をミノタウロスが上げ、フッと目から生気が消え失《う》せるのがわかった。

俺に覆《おお》いかぶさるようにゆっくりと倒れてくるところを、ロックがミノタウロスを支え、俺が逃げる隙を作ってくれた。

それを見届けると、ロックはミノタウロスを放す。

ドシィン、という地鳴りとともに、伝説の巨獣ミノタウロスは地に伏せ息絶えた。

ヒューイのところへ行くと、立ち上がれるほどには回復していた。

「ヒューイ、よかった……。もう無茶しないでちょうだい」

目に涙を溜《た》めたフェリクがぎゅっとヒューイを抱きしめる。

ミノタウロスと戦った大部屋は、激戦のあとを今も残している。

ムクロたちは、ミノタウロスが撃破されたのを見るや否《いな》や、すっと壁の向こうに消えていった。

「ヒューイはどうしてあんなことをしたのかしら」

「ヘイルさんとあいつの間に、何かあったからだろう」

でないと、利口《りこう》なヒューイがミノタウロスに立ち向かっていくとは思えない。

俺もなでなで、とヒューイを撫《な》でる。

ロックとキュックは召喚を解除していた。

二体同時で、しかも戦闘となると魔力的にかなり堪《こた》えるようで、肉体的な疲労より精神的な疲れがひどかった。

　正直、このまま座り込みたいところだが、そうも言ってられない。

「ヒューイ、ヘイルさんがどこにいるか、わかるか？」

「ワフ」

　まだ体が痛そうだったので、俺はヒューイを抱え上げて、その示す方角へ歩いていく。

　あの大部屋に戻ると、ヒューイが鼻をひくつかせる。方々を歩き回り、ワン、と鳴いたところで足を止める。

「ヒューイ、何も…………あ」

「ここ。穴が空《あ》いているわ」

　フェリクが指さした先には、人一人がどうにか抜けられそうな隙間《すきま》があった。

　先にヒューイが中に入ると何度も吠《ほ》えた。

　俺もヒューイに続くと、壁によりかかるように座り込んでいる白骨の遺体があった。入ったそこは、小さな空間があるだけで、どこかへ抜けられそうな道も隙間も穴もない。

　成人男性……それもかなり大柄《おおがら》だとわかる。着ていた服はボロボロだったが、脇腹《わきばら》あたりが大きく割《さ》けていた。

　……あれが致命傷だったんだな。

　微生物や小動物が食べたのか、骨だけが綺麗《きれい》に残っている。

くうん、と鼻を鳴らすヒューイは、伏せをしたまま上目遣《うわめづか》いで空洞の主を見つめている。

「ヘイルさんだろう」

「……そう」

フェリクがそばで膝《ひざ》をつき、目をつむって祈りをささげる。

「事故で帰れなくなったヘイルさんは、出口を探そうとしてあのミノタウロスの部屋に辿《たど》り着いた。……奴《やつ》に攻撃されて、どうにかこの隙間に逃げ込んだってところか」

冒険者なら別段珍《めずら》しくもない事態だが、彼は鉱夫で戦う準備なんてしていなかった。

俺もフェリクのように両膝をつき、ヘイルさんに祈りをささげた。


ヘイルさんを回収したあと、俺はミノタウロスの死体から角《つの》を採取した。

伝説の巨獣ミノタウロスの角だ。きっと何かの役に立ってくれるだろう。そのままだと大きすぎるので、一〇分の一ほどのサイズに切り分けることにした。

「ミノタウロス……本当にいたのね」

死体を見ながら、フェリクがしみじみと言う。

俺は角を切りながら「冒険だなぁ」と独《ひと》り言をつぶやいた。

まさかこんなところにいるとは誰も知らなかっただろうし、噂《うわさ》を耳にしたこともなかった。

発見できたのは、偶然が重なった結果だった。

冒険をしていれば、往々《おうおう》にしてこういったことが起きる。……まあ、今回は冒険じゃなく仕事のついでだが。

きっとこの角だけ見ても、誰も信じてくれないんだろうな。

「ほら。フェリクの分」

「あ、ありがとう」

角を投げて渡すと、フェリクが明後日《あさって》の方角に目をやった。

「あれ使わないの？」

「あれ？　ああ、戦斧《せんぷ》か。使うっていっても、俺には大きすぎる」

「……それもそうよね」

あ。待て。そういや、ロックの石槍《いしやり》が壊れたんだった。

俺はロックを再び呼び出し、戦斧のことを教えた。

「気に入ったら使ってくれてもいいぞ」

「るお」

戦斧を摑《つか》み上げると、両手でブオン、ブオン、と軽快に振り回した。

石槍よりもこっちのほうがロックに合ってそうだな。

「るおん」

ロックは普段無表情なのに、このときだけはホクホク顔をしていた。

「ミノタウロスの戦斧は、ロックが使ってくれ」

「るぉぉ！」

「体のサイズにもぴったり合うし、様《さま》になっててカッコいいぞ」

「る、るおん……」

褒《ほ》めたらちょっと照《て》れていた。


外に出ると、もう朝日が顔を出すような時間帯となっていた。

鉱山内は時間感覚がなくなるから、いつの間にかずいぶん経《た》っていたらしい。

「おーい！　竜騎士殿！」

マードンさんが俺たちを出迎えてくれた。

「入る許可は出したが、こんなに戻りが遅いとは思わなかったぞ」

「すみません。思ったよりも時間がかかってしまって」

「もうちょっと遅けりゃ、仕事ついでに捜索してたところだったが、無事で何よりだ」

あんなに奥深くに行くとは思わなかったし、あんな激戦を鉱山の中で繰り広げるとは、許可をもらいに行ったときには夢にも思わなかったのだ。

「ヒューイ、おまえも行ったのか」

「ワン」

マードンさんが手荒く撫で回した。

「……マードンさん、ヘイルさんが見つかりました」

事の次第《しだい》をかいつまんで教えると、マードンさんは神妙《しんみょう》な顔つきになった。

「……そうか。……見つけられたんだな。見つかってよかった」

覚悟できていたのか、さっぱりとした返答だった。

ヒューイを撫でながらマードンさんは言う。

「落盤、落石……鉱夫となりゃ事故は付きもんだ。今もまだ行方《ゆくえ》不明の仕事仲間はたくさんいる。そう考えりゃ、安らかに眠れるなんて上等だろう」

冒険者もそうだ。いや、冒険者こそそうだろう。

冒険中、冒険者らしき遺体を見つけると、俺は冒険証と遺品をなるべく持ち帰るようにしていた。

遺品をその冒険者の仲間に渡すと、彼らはしばらく悲しんだあと、少しだけ喜んでくれた。

「帰って来られたんだな」と。

彼らは、今のマードンさんと似たような反応だった。

「ヒューイが見つけたんです」

「へぇぇぇ。賢《かしこ》いワン公だと思ったが、ヒューイよくやったな」

「ワン！」

「おまえの主《あるじ》でオレたちの仲間だからな。手厚く葬《ほうむ》るぞ」

「ワン」

疲労と眠気がピークだったフェリクは、しかし警備の仕事があるので疲れた顔のまま集積場のほうへ向かった。

それから俺は、鉱山内で何があったのかもう少し詳《くわ》しく話すことにした。

大きな岩で分断された場所からさらに奥に行ったこと。そこでミノタウロスと遭遇《そうぐう》したこと。

「ガハハ。竜騎士殿。ミノタウロスだなんてそんな大げさな。見間違いだろう」

「まあ、その反応が普通ですよね」

苦笑して、俺は角の一部を見せた。

「実物はもっと大きいんですが、持ち運べないのでこのサイズに切ったんです」

マードンさんは、生温《なま》かい目をしてうなずいている。

「オレらに言う分には笑って済ましてやるが、他の奴らにこの話はするなよ？　バカにされるだけだからな。ガハハ」

完全に信じてねえ。そりゃそうか。

俺だってそんなことを言われても、絶対に信じなかっただろうし。

静かだと思ったら、ヒューイは俺の足元で丸くなって眠っていた。

俺は起こさないように優しく背中を撫でた。

「ヘイルさんを捜し当てたうえに、勇敢《ゆうかん》に敵に立ち向かったんです」

「……出入り口で待ち続けることはもうしないだろうな。頭がいいからな、ヒューイは。きっとオレらよりも頭いいと思うぜ」

イカつい顔に笑みを浮かべると、マードンさんはこっちに向き直って頭を下げた。

「竜騎士殿。ヒューイや町のみんなを代表して礼を言わせてくれ。……ヘイルを、連れ帰ってきてくれてありがとう」

「俺が勝手にやったことです。気にしないでください」

「そうだったとしても、あんたがいなけりゃ、ヒューイはずっとああだったろうし、オレたちも煮え切れない気持ちを抱えたままだったと思う」

「大したことはしていませんから」

俺は会釈《えしゃく》をしてその場を去った。

今日は銀の輸送はなかったはず。

ゆっくりと昼過ぎくらいまで眠らせてもらおう。

宿屋のベッドに横になってから、思いついた。倒したミノタウロスがいるあそこまで連れて行けば、マードンさんも信じざるを得ないだろう。

そんなことを考えているうちに深い眠りについた。

起きたころには夕方で、ちょうどフェリクが俺の部屋を訪ねてくる寸前だった。

「もうダメ。もう無理よ」

部屋を訪れたフェリクはげっそりとしており、足元がおぼつかずフラフラだった。

「夜までじゃないのか」

「持たないわ。銀狙《ねら》いの盗賊《とうぞく》と戦う前に眠気と戦っているのだから」

「……しょうがねえな。夜番が来るまで俺が代わってやるよ」

「……」

ありがとうの一言もないのかよ。

と思ってフェリクを見ると、さっきまで俺が寝ていたベッドの上で安らかに眠っていた。

よっぽどギリギリだったらしい。

毛布をかけてやり、俺は集積場の警備に向かった。結果的に盗賊はやってこず、鉱夫たちの仕事ぶりを眺《なが》めるだけで終わった。

鉱山の出入り口に、ヒューイの姿はもうない。

ヘイルさんの葬儀《そうぎ》が行われたのは、それから数日後のことだった。

厳《おごそ》かな雰囲気《ふんいき》になるのかと思ったら、大宴会で飲めや歌えやの大騒ぎだった。

一番大きな骨つき肉はヒューイが食べていた。肉を食べ終えると、次は骨をガシガシと噛《か》んでいた。

むしろ骨のほうが気に入ったようだった。

ヘイルさんの遺骨と遺品は、共同墓地に埋められた。

「ヒューイ、ヘイルと会うときは今度からここだぞ」

マードンさんが優しく語りかけていたのが印象的だった。

俺の仕事はというと、トラブルは一度もなく、合計で一〇回、鉱山町と港町を往復した。

ロックの威容《いよう》を見てなお攻めてくる気合いの入った盗賊はいなかったらしい。

依頼が終わる前に、俺はマードンさんと数人を連れて鉱山のあの場所へ行くことにした。

「竜騎士殿。もういいんだ。わかったから」

「その言い草だと、信じてないしわかってもないでしょう。いるんですから。死体を見れば俺が言っていることが正しいってわかりますから」

俺が意地になっていると思ったんだろう。いや、実際意地になっている。見たし、いたし、倒したんだ。

「ミノタウロスはいる——この中のどこかにな。それでいいじゃねえか」

「全然よくないです」

あの道を塞《ふさ》いでいた岩のところまでやってくると、

「これがあの岩⁉」

「斬《き》られてるじゃねえか⁉」

「これを斬った？」

「ありえねえ」

と、みんなが口々に言った。

ようやく俺がありえないことをしたと信じる気になったらしく、小馬鹿《こばか》にしていた雰囲気がいつしかなくなっていた。

あと少しであの大部屋に辿り着こうかというとき、その先の道がなくなっていた。

「あれ。おかしい……この奥に行けたのに」

完全に塞がれている。それどころか、知らない道がいくつもできていて、どの方向に進んだらいいのか、完全にわからなくなっていた。

「……帰ろ、帰ろ」

マードンさんが言うと、失笑のため息が次々に聞こえた。

なんでこんなことに……。

あ！　ミノタウロスが地面を何度も叩《たた》いたからか！

あのせいで色んなところが崩落《ほうらく》して、行けたはずの場所に行けなくなったり、なかった道ができていたりしてるのか。

俺たちが出たあと、徐々《じょじょ》に崩《くず》れていったんだ。

悔《くや》しいが、証拠を示せなくなった俺は諦《あきら》めることにした。


俺とフェリクの依頼期間が終わり、王都へ発《た》つ日を迎えた。

町のみんなが総出で見送りに来てくれると、ヒューイが走ってきた。

「ワフっ」

「ジェイ、ヒューイが何かくわえているわ」

「ん？」

ヒューイが運んできた何かをすっと地面に置いた。

葬儀の大宴会の日にガシガシと噛んでいたお気に入りの骨だった。

「くれるのか？」

「ワン！」

「おいおい、こりゃ、ずいぶんな謝礼だな。ありがとう、ヒューイ」

「ワン」

「まだあるわ」

フェリクが拾って見せてくれたのは、翡翠《ひすい》の小石だった。

「魔石の一種だ。魔法効果を高めるとされている」

「すごいじゃない」

「どこで見つけてきたのやら」

ヒューイに目線を合わせて、俺とフェリクも別れを告げた。

呼び出したキュックに乗り鉱山町を飛び立つと、背後からは、ずっとヒューイの遠吠《とおぼ》えが聞こえていた。

〈第5章〉 フェリクの一日

パチリと目を覚ますと、部屋の窓を開けて朝日を迎え入れる。

うん、と伸びをして深呼吸をひとつ。

頭の中で今日一日の予定を簡単におさらいすると、ラフな恰好《かっこう》で部屋をあとにし、階下へと降りて見かけた宿屋の主人に朝の挨拶《あいさつ》をする。

「おはようございます」

「あぁ、おはよう、フェリクちゃん。今日も早いね」

この宿屋はフェリクが常《つね》に利用しているので、主人とも顔なじみになっていた。

宿の裏手にある井戸で水を汲《く》み、冷たい水で顔を洗う。

これでシャキっとするので、一日がキビキビと送れそうな気がするのだ。

少し前までは、朝は使用人に起こしてもらい、服を着せてもらい用意してくれた朝食を食べるのが一日のはじまりだったというのに、人間というのは、環境が変われば適応していくものらしい。

ふと、宿屋の一室を見上げた。

その部屋はまだ窓は開いておらず、中を窺《うかが》うことはできない。

「……まだ寝てるのかしら」

いつもそこを使っているのはジェイだった。

彼の場合、こんな朝早く起きることはなく、たいがい昼前に宿屋から出てくる。ひどいときは昼を過ぎてからということもあった。

以前一度起こしたことがあった。

そのとき、すごく眠そうな顔でこう言われた。

『……こんな朝早くに起きて何するんだよ……ふぁぁ……』

『何って、仕事よ、仕事。依頼者があなたのことを待ってるんじゃないの？』

『朝はアイシェんとこの店は開いてねえんだよ。依頼はアイシェが窓口だし、今アイシェを起こしてみろ。すっげー機嫌悪そうな顔で追い返されるから。じゃあな……』

と、いうようなことをジェイは面倒《めんどう》くさそうに言って扉を閉めた。

アイシェの仕事は、酒場ということもあり夜遅くまで続く。だから彼女も朝はジェイと同じくらいのんびりしていた。

運び屋で窓口がアイシェとなっている以上、昼前まで寝ているのは彼なりに理に適《かな》った行動だったらしい。

もちろん、フェリクが通っている冒険者ギルドもまだ開くような時間ではない。

朝フェリクが何をしているのかというと、素振りと読書だった。

『これから冒険するのに疲れてどうすんだよ』とジェイに言われたことがあるが、前向きな鍛《たん》錬《れん》に水を差された気分になり、ついムッとした。

フェリクが愛用している訓練用の木剣……といってもただの立てかけてある棒切れで、そうとは知らなかった店主が布団叩《ふとんたた》きに使っていたこともあったが……それを手に取り、鍛錬をはじめた。

扱うのは細剣が中心なので、普通の剣捌《さば》きとは動きが違った。

ジェイには、当たる瞬間にだけ力を入れろ、と助言されたので、それを頭の中で繰り返しながら反復練習をする。

どうしてそうなのか尋《たず》ねると『力んだほうが動作が遅いし敵に攻撃を気取《けど》られる』と端的《たんてき》に彼は答えた。だから、当たる瞬間にだけ力を入れるそうだ。

ヒュッ、ヒュッ――。

一歩踏み込んで腕を伸ばし切る寸前にグッと力を入れる感覚。これを体に覚え込ませる。

なんとなく悔《くや》しくて言えてないが、助言を聞き入れてから、標的に逃げられたりかわされたりすることが減ったのだ。

すごい人だとは思っていたが、本当にすごいのだとそのとき改めて実感した。

ひと汗《あせ》をかいたあとは、部屋に戻ってクエスト代で買った魔導書を読み進める。

アタリとハズレの本があるが、今回はハズレだった。書いた人物が、自分がいかにすごい魔法使いかをダラダラと書き連ねているだけで、魔法に関する有益な情報も理論も方法論も記されていなかった。

それら朝の日課が終わると、着替えて装備一式を身に着け、冒険者ギルドへ向かった。

まだ閉まっている冒険者ギルドの前には、開館待ちをしている冒険者がまばらにいた。

割りのいいクエストがしたいなら、朝一に行け――。

これもジェイの教えだった。

割りのいいクエストは、そうだと知っているベテランが先に引き受けてしまうし、そうでなくても、王都を拠点《きょてん》にする冒険者は多いので昼前に行ってもいいクエストは残ってないのである。

「……私、ジェイに洗脳されているのかしら」

ことあるごとにジェイのことが頭に浮かんで、彼の言葉が蘇《よみがえ》る。

アイシェにそのことを言うと、キャーキャーと黄色い歓声《かんせい》を上げた。

『あぁ～っ。もうしんどいしんどいっ。フェリク、もうオチてるじゃんそれ！　あぁ～』

と、嬉《うれ》しそうにニマニマしながらテーブルをペシペシと叩く。しんどいと言いながら、それが堪《たま》らないらしい。

彼女が言わんとしていることはわかる。

恋についてはフェリクも知ってはいる。書物で読んだことがあるのだ。

しかしそれがジェイに対する感情なのかどうかは、いまいちわからないでいる。

ようやくギルドが開館すると、フェリクは掲示板に張り出されたクエストを他の冒険者たちと眺《なが》めて、夕方までに終わらせられそうなものをひとつ受注する。

受付の職員から簡単な注意事項を説明され、送り出された。

「君、最近ここでよく見るね。一人？」

出入り口らへんで、二〇代前半くらいの男性冒険者が笑顔で声をかけてきた。

チラチラと視線を感じていたので、声をかけてきそうだなと思ったら案の定だった。

「私、ソロでやっているので。ごめんなさい」

パーティを組もうと誘われることは正直多かった。

誘ってくるのは、同年代~四〇代後半の、男性冒険者ばかり。

効率のいい断り方を発見してしまう程度には、フェリクは勧誘されることが多かった。

誘う前は、決まってフェリクをチラチラと見る。あの粘着質《ねんちゃくしつ》な好色そうな視線が大の苦手だった。

「……んだよ。お高くとまりやがって。チッ」

こういう男性が大半……いやほぼ全員なので、断って正解だったなといつも思う。

女性冒険者が勧誘されたときは、よっぽど信用できる男性冒険者でなければソロで活動しろ、もジェイの教えだった。

身を守るためであり、余計なトラブルに巻き込まれないようにするためだとか。

パーティを組むとしたら、女性同士か女性がいるパーティに限ると。

「ジェイはあんなミエミエの下心なんてないのに」

ギルドを出ていくと、フェリクはぽつりとつぶやく。

ジェイがいかに紳士で真面目《まじめ》で誠実で優しいのかがよくわかる。

そんなことは接していればわかることだけれど、他の男性冒険者を見ていると、より一層そう思う。

クエスト完了の報告を終えたころには、夜になってしまっていた。

「移動に時間がかかってしまったのは反省ね。……移動用の馬代をケチったせいだわ」

貸し馬屋で馬を借りていれば、こうはならなかっただろう。

後悔しながら、今日のクエスト代を持ってアイシェの酒場に行くとカウンター席に案内してくれた。

「お疲れ、フェリク。何にする？」

「お疲れ様、アイシェ。今日も大賑《おおにぎ》わいね。いつものをちょうだい」

「はーい」

ワイワイ、ガヤガヤ、と酒場はテーブルもカウンターも埋まっている。会話をするときは耳を寄せないと聞き取れないほどの騒がしさだった。きょろきょろ、と周囲を見回していると、アイシェが木杯に入った葡萄酒《ぶどうしゅ》をカウンターに置いた。

「ジェイさん？　今日まだ来てないよ」

「え。あ、や、べ、別にジェイを捜していたわけじゃ――」

「いいの、いいの。うんうん」

アイシェは聖母のような温かい微笑《ほほえ》みをたたえてうなずいている。

フェリクは思わず否定したが、無意識にジェイを捜してしまっていた。言い当てられたせいでアイシェの顔が見られない。

「ジェイさんから聞いたよ。鉱山のクエスト、偶然一緒だったんだって？」

「ええ。たまたまね……」

照《て》れ隠しに木杯に口をつける。

「なんかいいことあった？」

「いいこと？　べ、別にナニモ……」

「――嘘《うそ》じゃん。今、オンナの目になったもん」

「う、嘘ついてないわよ」

アイシェとそんなやりとりをしつつも、頭の中では鉱山内に入ったときのことが強く思い浮かんでいた。

危ないから、と頭を守ってくれた。

そのはずみで、ぐっと抱き寄せられてしまったのだ。

ジェイの筋肉質な固い胸にフェリクは顔を押しつけることになった。頭を覆《おお》った大きな手の感触は今もまだ思い出せる。

胸が高鳴り、顔が熱くなった。

そのせいで、しばらくジェイの顔が見られなかった。

鋭い友人は、フェリクの嘘を簡単に見破った。

「はいはい。嘘嘘。だってフェリク顔真っ赤だもん」

「……お、お酒が入れば少しくらい赤くなるわ」

「何があったの？　ねえねえ、ねえってばー。何かあったんでしょ？」

「ないわよ。なんにも」

アイシェの追及から逃げようと目をそらすと、通りからこっちを覗《のぞ》くジェイを見つけた。

こんな一瞬で姿を視認できてしまうのはなぜなのだろう。

「あ。ジェイさん来た。もういいよ。ジェイさんに訊《き》いてくるからー」

「あ――、ちょっと待ちなさい！」

アイシェを慌《あわ》てて引き止めようとすると、椅子《いす》に足が引っかかってお酒を持ったまま派手《はで》に転んだ。

「うぅ……」

痛みと服が汚れたのに悲しくなっていると、ジェイが心配そうに覗き込んできた。

「大丈夫か？」

持っていたお酒は床にぶちまけてしまい、一体何をしているのか、と自分が情けなくなった。

「あー。フェリクったら何してんのー」

「ごめんなさい……！」

「ジェイさん、あっちのカウンター席でいい？」

「もちろん」

「フェリク、ここらへん掃除するから……ジェイさんの隣もさっき空《あ》いたから……そこ、行けば？」

余計な気を回しているのがわかり、素直に指示通り動くのは癪《しゃく》だった。

「い、いいわよ。この席で」

「いや、お酒の掃除するからここだと邪魔なんだってば」

「……掃除するのなら……しょうがないわね」

「そうそう、しょうがないの」

アイシェがつんつん、と肘《ひじ》でフェリクをつついてくる。やっぱりニマニマと笑っている。

それを手で払ったフェリクは、前髪を一度触って服を整えた。

そして澄《す》まし顔でジェイの隣に腰かけた。

「こけたりして、もう酔っぱらってんのか」

「まだ一杯も飲んでないわ」

「顔、赤いぞ」

「……みんなが見ている前ですっころんだのだから、赤くもなるわよ」

「ならいいが。怪我《けが》、ないか？」

その優しさにキュンとしてしまい、反動で強がってしまう。

「だ――大丈夫よ。子供扱いしないでちょうだい。あんなので怪我しないわよ」

素直にありがとうと言えない自分が恨《うら》めしい。

ジェイはもう慣れっこなのか、気にした様子はなかった。

「そうツンツンすんなよ。楽しく飲もう」

「そうね」

アイシェが運んできてくれたお酒を並んで飲む。

お互いに今日あったことを話す他愛《たあい》のない時間だった。
今はまだ、フェリクにはこの距離感が心地よかった。

〈第6章〉拠点を作ろう

朝食兼昼食をアイシェの店で食べていると、そこにフェリクがやってきた。

当然のようにアイシェが俺のそばにフェリクを案内してくる。

俺は別に構わないが、フェリクも一人で静かに食事したいってときはないのか？

疑問に思いつつも、フェリクは何かあれば抵抗しているだろうから、どっちでもいいんだろう。

「私は既《すで》に一件クエストを済ませてきたわ」

手際《てぎわ》よく仕事を済ませた、とさっそく自慢してくるフェリク。

「働き者だな。フェリクは」

まあね、とまんざらでもなさそうに、肩に乗った髪の毛をふぁさ、と払った。

「ジェイはいつも宿で寝起きしているじゃない？」

「ん？　ああ、そうだな」

「どうして？　家を買うお金くらい運び屋で稼《かせ》いでいるでしょう？」

フェリクは何度か仕事に同行して報酬《ほうしゅう》額を見聞きしている。そんなふうに思うのも当然だろう。

「あの宿屋の主人に、俺はぺーぺーの頃からよくしてもらってるんだ。だから、泊まるときはあの宿って決めてるんだよ」

「あぁ、そういうこと。……ジェイにも新人時代があったのね」

「当たり前だろ」

考えればわかるようなことでも、フェリクは思いもしなかったかのように、目を丸くしている。

「想像がつかないわ。ジェイの新人時代なんて」

「誰でもあるだろう」

あの宿は、冒険者ギルドからほど近くにあるし、途中にアイシェの店もあってギルドから食事をして帰りやすいのだ。

宿の価格帯も中の下で長期利用しやすい。

宿自体は古いが、中は掃除が行き届いていて、丁寧《ていねい》な仕事ぶりに好感が持てるのだ。

「あの宿の安全対策を疑うわけではないけれど、相当貯《た》めているでしょう？　泥棒《どろぼう》に入られたりネコババされたらどうするのよ」

「どうするって、犯人を見つけて取り返すまでだ」

「まあそうするだろうけれど、大金を置きっぱなしだと、そういうことも起きかねないでしょ？」

「何が言いたい」

「家でも何でも買ってしまえばいいのに。そうすれば家は盗まれないわ」

だから宿の話を訊《き》いたのか。

フェリクの発言には一理ある。

主人には、部屋に入らないように言ってあるが、他の客まで信頼できるわけじゃない。

自分の家で保管しているなら、盗難の心配は格段に減るだろう。

家といえば、以前郊外に拠点《きょてん》にしていた家がある。

それはロウルとニコルの兄妹に譲《ゆず》った。古くなっていたし、王都から距離があってギルドに通うのにも面倒《めんどう》だったからだ。

当時から、家というよりは怪我《けが》をしたときの療養施設のような扱いだった。だから遠くてもよかったのだ。

だが今はキュックがいる。

王都から相当離れた場所に家を構えても、キュックに乗れば王都まですぐだ。

「じゃあ、建てるか、家」

「え？　そんなに軽く決めちゃうの？」

「買ってしまえばいいって言ったのはおまえだろ」

「そうだけれど、こんなあっさり決断するとは思わなかったから」

そりゃそうか。

「宿屋の主人は顔が広い。あの人に言えば大工さんを紹介してくれるだろうし、資材の運搬《うんぱん》についてはちょうどいい奴《やつ》がいる」

「ロックのことね」

「ああ。大容量を運ぶのにはもってこいだからな。人手もあるし」

「ビンとその部下？」

「そう」

大工さんを雇《やと》って、その指示を聞いて働くビンとその部下がいれば、家は案外あっさりと建つだろう。

「どこに建てるの？」

「あっちの、王都から一番近い山とかかな」

指さした方角にフェリクが目をやる。

俺には、静かで湖があって、のんびり過ごせそうな場所に心当たりがあった。

「アイシェ、今日依頼があっても明日以降になるって伝えておいてくれるか？」

「おっけー」

雑談しながら食事を食べ終えると、俺たちは店をあとにした。

暇《ひま》だったらしく、フェリクもついてきた。

宿屋にある俺の金を回収し、宿の主人にこの件を相談すると、腕利《うでき》きの大工の棟梁《とうりょう》を紹介してくれた。

たまたま主人と世間《せけん》話をしていた人がそうだったらしく、流れで建築資材を取り扱っている商会まで一緒についてきてくれた。

歩きながら建てたい家の概要《がいよう》を簡単に伝えると、おおよそのイメージができた棟梁は、商会に着くとあれこれ資材を注文していった。

「兄ちゃん。もう資材を買っちまってるが、ダンゲロス山までどうやって運ぶんだい？　ウチのモンだけじゃちょっと時間がかかるぜ？」

「一人で運びます」

「一人？」

棟梁は首を捻《ひね》った。

まあ、わけがわからないよな。説明するより、見せたほうが早いだろう。

商会の倉庫から資材が何台もの荷車に載《の》せられ、俺の誘導でゆっくりと進んでいった。

城外まで運んでもらうと、俺はロックを呼び出した。

「召喚《サモン》」

淡い光を帯びた岩のような巨人が姿を現した。手には、ミノタウロスの戦斧《せんぷ》が握られている。

「こいつが運んでくれます」

「おぉぉぉ!?　な、なんだ、こいつは!?」

驚く棟梁に俺の召喚獣であることを説明すると、ペシペシ、とロックを叩《たた》いた。

「頼りになりそうだな！」

「ロック、これらの資材をダンゲロス山まで頼みたい」

意識が共有できるので、俺が思い描いた場所まで運んでくれるはずだ。

「るぉ」

ロックは複数の荷車を引っ張りながら、のっしのっしと歩きはじめた。

俺たちはキュックで先に移動する。棟梁は目をぎゅむっとつぶっていた。ここまで高いとさすがに怖いらしい。

上空からなら湖の位置はわかりやすく、すぐに見つけられた。

湖のほとりに着地すると、今度はビンとその部下を呼び出す。

「――ってわけで、この一帯に家を建てるから手伝ってくれ」

「久しぶりにィ！　ジェイのお頭《かしら》に呼び出されたぜェェェ！」

面倒くさい作業をお願いしたのに、ビンはイヤッホォウって感じで、頼みごとをされたのが嬉《うれ》しかったみたいだ。

この数カ月、フェリクの別荘でハウスキーパーをやりながら、近くで農作業してるだけだったからかな。

「棟梁、こいつらに色々指示を出してやってください。頑張りますんで」

「頑張りますんでッッ！」

気合いが入りまくりのビンだった。

「お、おう。そうさせてもらおうか」

屈強《くっきょう》な元盗賊《とうぞく》のお頭が、俺に従順な姿勢を取っているのが棟梁はたまらなく不思議だったらしく、何度もビンと俺を見比べていた。

「黒狼《こくろう》のヴィンセントにドラゴンに巨人を従えている……兄ちゃん何者なんだ……？」

「召喚士の運び屋です」

俺の回答には納得いかなかったらしく、不可解そうに首をかしげていた。

「ねえ、ジェイ」

これまで黙って事の成り行きを見守っていたフェリクが、控《ひか》えめに声を上げた。

「うん？　どうかした？」

フェリクは、つんつん、と指と指をつけたり離したりを繰り返している。

「私も、その……遊びに、来ちゃったりしちゃったり、しても……？　もっ、もちろん迷惑でなければ」

「いいぞ。家には客間も用意するつもりだし、このあたりにクエストに来たら、休んでいってくれてもいい」

ちょっとした提案だったが、フェリクは頰《ほお》を赤くしたまま小刻《こきざ》みに何度もうなずいた。

「え、ええ……く、来るわ」

耳を澄《す》ませてないと聞こえないくらいの小声だった。

あららら、とビンは珍《めずら》しいものを見たかのように口を半開きにしている。

「ジェイのお頭、フェリクの嬢ちゃんはお頭にナニされてもオッケーらしいですぜ。一人でオトコの家に来るってことは……ねえ、そういう……」

俺が否定しようとすると、フェリクが大声で被《かぶ》せてきた。

「違うわよっっっっっ!!」

大音量に、湖のそばで遊んでいたキュックがビクっとなり、付近の木に止まっていた鳥たちが一斉《いっせい》に飛び立っていった。

俺も耳がキーンとなった。

「か、帰るっ。もう帰るっ」

湯気が出そうなくらい顔を紅潮《こうちょう》させたフェリクは、感情がどうかなったのか、目に涙をためていた。

逃げるように去っていったかと思うと、また声が聞こえた。

「そういうんじゃ――ないんだからぁぁぁぁあ！」

またキュックがビクっとして、鳥たちがまた一斉に逃げ出した。

俺もビンもキュックも、作業していたビンの部下も棟梁も、去っていくフェリクを見守るしかなかった。

「というわけらしいですぜ」

「どういうわけだよ」

俺はフェリクのあとを追いかけた。

「な、何よ！　私、そういう意味で言ったんじゃ」

「そうじゃなくて。王都まで歩いたら数日かかる。だからキュックで送る」

「そ、そう……それもそうね」

作業員たちの食料がないので、王都で買いつける必要があった。フェリクを送るのはそのついでもある。

「ジェイは、あっちの家で暮らすことになるの？」

移動中、フェリクが尋《たず》ねた。

後ろを振り返ると、元気がなさそうに遠くを眺《なが》めていた。

もしかすると、寂《さび》しいのか……？

自分で家を建てろって言い出したくせに、いざそうなっていなくなると寂しいと？

ツンケンしたり素直じゃなかったりするけど、こういうところは可愛《かわい》げがある。

「どのみち窓口はアイシェのままだから、家から王都へ行く必要がある。寝泊まりする場所が、宿屋からあの家に替わるだけで、アイシェのところに行けば今まで通り顔を合わせることになると思うぞ」

「ふ、ふーん……」

また後ろのフェリクを窺《うかが》うと、頬がちょっと緩《ゆる》んでいた。

「私が家に行きたいって言ったのは、その……ジェイってだらしなさそうだから、中が散らかりっぱなしになると思うの。それを片づけてあげようって思っただけだから。そういうことなのよ。うんうん」

言い訳くさいことを言ってフェリクは何度もうなずく。

「おいおい。俺は今まで一人でなんでもやってきたんだ。掃除や洗濯は、ついこの間までお嬢様だったフェリクより上手《うま》いだろうな」

「そ、そんなことないわよ！」

「じゃあ、今度、ウチ来てやってみせてくれよ」

「望むところよ」

あ、なんかナチュラルに家に誘っちまった。

いや、そういうオカシなことをするつもりはまったくなく――って誰に言い訳してんだ。

王都まで戻ってくると、フェリクは行く前よりも上機嫌そうに手を振って、王都の雑踏《ざっとう》にまぎれていった。

「あいつは、一六、七の小娘なんだぞ。キュック」

「きゅぅ?」

なんの話? とでも言いたげにキュックは小首をかしげた。

「男の家に一人行くなんて……俺だからいいようなものを」

フェリクが簡単に男の家を訪ねるタイプではないことはわかる。だが、ふと心配になってしまうこともある。

元は貴族の出だし、まだまだ世間知らずだ。口の上手い男に騙《だま》されてホイホイついて行ってしまわないだろうか。

「……いや、誰が誰の心配してんだ」

「きゅうきゅう」

そうそう、とキュックが相槌《あいづち》を打つように頭を動かす。

「ウチに一人で来るのが問題ならアイシェも一緒にならいいか。うん。それがいい」

フェリクは手のかかる妹みたいな奴で、酒場でときどきしゃべってたまに仕事を手伝ったり手伝ってもらったりするだけの仲。それだけだ。

いつぞやと同じやり方で直接依頼があった。

以前と違うネズミだったから、同じ方法で依頼する別の奴《やつ》かと思ったが、ネズミが持ってきた筒状に丸められた依頼書は、森の魔女として知られているアルアからのものだった。

依頼書を要約すると「細かいことは会って話すからまずは来い」というもので、他に依頼が入ってなかったのもあり、俺はキュックに乗ってさっそくアルアのもとへ出向くことにした。

魔女の森と異名がつけられている森へ飛び、目印である煙突と屋根を見つけ、家の前に着陸する。

「アルア、運び屋のジェイだ。ネズミから依頼書をもらって来たぞ」

扉をノックして待っていると、足音が近づいてきて扉が開いた。

「早いね。そんなに私に会いたかったのかい？」

アルアは扉から顔を覗《のぞ》かせて軽口を叩《たた》く。

ボサボサの黒髪に、埃《ほこり》がついて汚れている眼鏡《めがね》。けどその下は目鼻立ちのはっきりとした美人だとわかる。

「そうじゃない。仕事だから来たんだ」

「つれないねぇ。君は私の冗談に付き合ってくれる甲斐性《かいしょう》もないのかい」

「相変わらず元気そうでよかったよ」

魔女と呼ばれているが、あくまでも通称で、アルアは普通の成人女性だ。魔法の研究をこんな辺鄙《へんぴ》な所でしているせいで、誰からともなくそう呼ぶようになったという。

まあ、変な奴っていう意味では、やっぱり魔女と呼ばれるに相応《ふさわ》しいのかもしれない。

「君もね。さあ、中にどうぞ」

扉を開けてアルアが俺を招き入れようとしたときにようやくわかったが、彼女は衣類をなんにも身に着けていなかった。

日焼けしてない真っ白な体に、つんと突き出た乳房がもろに見えてしまった。

「うわぁ!? 服着ろ! なんで全裸《ぜんら》なんだよ!?」

俺は思わず顔をそむけた。

「おや。本当だ。ハハハ。これは失礼した。――いやいや、何せ人と会うのは君に前回会って以来だからついね。人と会う作法とやらを忘れてしまうんだ。許してくれ」

からから、と軽快に笑うアルアは、奥に消えていった。

びっくりした。焦《あせ》った……。前、普段全裸で過ごしてるって言ってたっけ。

それにしてもちょっとくらい動じろよ。

真《ま》っ裸《ぱだか》を男に見られたっていうのに。

「すまないねー」

と軽い謝罪が聞こえてきて、もういいよ、と言われたので俺はようやく安心して中に入った。

アルアは素肌《すはだ》の上からローブを着ているだけで、他には何も身に着けてなさそうだ。

ローブはゆったりとしているのに、体のメリハリがはっきりとわかる。

「どうだい？」

通された部屋はアルアが魔法研究をしている一室で、前来たときと同じく散らかっている。

「この部屋も相変わらずだな」

来客があるからといって、この家の主《あるじ》は片づけをするつもりもなさそうだった。

俺が的外《まとはず》れな回答をしたかのように、アルアは眉《まゆ》をひそめた。

「違う違う。私の体だよ。見ただろ？」

「っ……、あのな」

くつくつ、と愉快《ゆかい》そうに肩を揺らしたアルアは、すぐに謝った。

「すまない。君の反応が楽しくてつい」

「あんな恰好《かっこう》で出たら襲《おそ》われちまうぞ？　質《たち》の悪い輩《やから》だっていないわけじゃないだろうに」

「以後気をつけることにするよ」

アルアはにこやかに言ってその話題を締めくくる。

絶対改めるつもりはないんだろうな。

「で？　依頼内容は？」

「長い話になる。適当にかけてくれ」

って言われても、足の踏み場も探さないと見つけられないが……。

言われた通り適当に腰かけると、アルアは机に座った。書類を尻《しり》に敷いているが、気にならないらしい。

「私が魔法の研究をしていることは知っているだろう？」

「全裸でな」

「ふふふ。まあね」

なんで得意げなんだよ。

「まあね、じゃねえよ。服着ててもできるだろ」

「固いことは言いっこなしだよ」

「固くないだろ。って、話が進まねえ。……魔法の研究をしているのは知っている。前、研究書類を前線の軍に届けたからな」

俺は無理やり話を軌道修正した。

「それで、今回も何か届けてほしい物が？」

「私をとある場所に送ってほしいんだ」

「構わないが、場所は？」

「王国南端の小島に遺跡があるんだ。知っているかい？　その遺跡の中に古代魔法の一種が記された石板があるという噂《うわさ》を耳にしてね」

俺は頭に地図を思い浮かべる。

王国の南には、いくつか島がある。遺跡があるというのは初耳だった。もちろん古代魔法が書かれた石板があるというのも。

「その石板を持ち帰って解読したい」

「アルアを連れていくだけじゃなく、ここまで連れ戻ってくるのが依頼ってことか」

「スマートな男性は好きだよ」

ぱちり、とウインクをするアルア。

理解が早くて助かる、と言いたいんだろうか。

「アルア、石板があるっていっても、噂程度のものだろ。古い魔法のほうが技術が進んでいたっていうのは俺も知っている」

おや、とアルアは意外そうに目を丸めた。

「博識な運び屋もいるらしい」

「はっきり言うが、古代魔法なんて眉唾物《まゆつば》だ。俺が以前冒険者だったとき、古代魔法が使えると宣《のたま》う魔法使いが二人いた。一人はそうだと思い込んでる未熟者。もう一人はただの詐欺師《さぎし》だった」

「たしかにそうかもしれない。だが、噂の真偽《しんぎ》を確かめること自体に、私は意義を感じている」

なるほどな。

研究者としての好奇心もあるんだろう。

「報酬《ほうしゅう》は？」

「報酬は、私との一晩なんてどうだろう」

「……断る」

「傷つくなぁ。即断なんてレディに失礼だろう」

これは本当に気分を害したらしく、少女みたいに頰《ほお》を膨《ふく》らませている。

「私はね、そういうスキンシップを君と取りたいと言っているだけなんだが」

「スキンシップの範囲を超えてるだろ。そう言ってくれるのは光栄だが」

「報酬は考えておくよ。私自身が提供できるものはそう多くない」

アルアは拗《す》ねたように唇《くちびる》を尖《とが》らせた。

見たところ、お金があるようには見えないし、アルアなりに俺が喜んでくれるのは何か、真剣に最大限考えた結果があの報酬だったのかもしれない。

「もし石板があって、古代魔法について記されているのなら、魔法界にとっては凄《すさ》まじい発見となる」

「もし発見できたら、現代の魔法に還元《かんげん》できると？」

「ああ。そう信じている。魔王軍との戦争も魔法の技術革新があれば、早期に終結するかもしれない」

戦争は、早く終わるに越したことはない、か。

まあ、石板の噂が本当で、魔法技術について記されていれば、という条件つきだが。

「わかったよ。そういう可能性があるのなら、俺も貢献《こうけん》したい。戦争はさっさと終わらせたほうがいいからな」

「……君は、案外熱い男なのだな」

「どうだろう」

「利益のために働くものと思っていたが、大義名分があれば手を貸してくれるらしい」

「俺が納得できるかどうかが基準だ。それは場合によっては金額ってこともあるし、それ以外ってこともある」

「じゃあ、今回は依頼成立ってことでいいかな？」

「ああ。頑張らせてもらうよ」

「よし、待っててくれ。準備する」

俺はアルアを残して先に家を出た。

南端の島まで送るとなると、かなりの長距離だ。

一旦《いったん》翼を休める時間を設けないと、キュックがスタミナ切れしてしまう。

頭の中で計画を考えていると、さっきよりマシな身なりをしたアルアが家から出てきた。

胸元がざっくり開いている黒のドレスに身を包み、頭にはつばの広い大きな黒い帽子を被《かぶ》っている。手には黒い手袋。魔女と呼ばれるに相応しい装いだった。

「一張羅《いっちょうら》だ。誰に会っても失礼ではないだろう」

「似合っている」

「悪い男だな君は。思ってもないことをそんなふうにさらりと言ってのけるなんて」

「いやいや、本当に思っているよ。逆にお世辞《せじ》が言えないくらいだ」

「そうか。気に入ってくれて嬉しいよ」

アルアは、恰好とは真逆の少女のような愛らしい笑顔を見せた。

「では行こう」

二度の休憩《きゅうけい》を挟《はさ》み、王国南端の島までやってきた。

その頃には夕方を迎えており、夕日が海に沈んでいく景色が見られた。

うん、と伸びをしたアルアは、キュックの首筋を労《いたわ》るようにして撫《な》でる。

「しかし速かったね。こんな時間に到着するとは思わなかったよ」

「夜までに着くとは思ったが、予定よりも早かった」

上空から見た限りだと、大きな山と谷があり麓《ふもと》に小さな港がある程度の小さな島だった。

アルアは古代魔法が記された石板があるかもしれないというが、本当にこの南の島にそんなものがあるんだろうか。

宿を探すために人がいそうな港のほうへ向かおうとすると、数人の男たちがこちらへ近づいてきていた。

手には銛《もり》やナイフなどが握られており、警戒《けいかい》するような目で俺とアルア、キュックを睨《にら》んでいた。

「あんたら、何もんだ」

男に銛を突きつけられて、俺は両手を上げた。キュックも反抗の意思がないことを示すように地面に伏せた。

「いきなり驚かせてしまってすみません。我々はちょっとした探し物をしていて、それでこの島に……」

「探し物？」

銛を突きつけている男が怪訝《けげん》そうに言うと、アルアが答えた。

「この島に、遺跡はあるかい？　そこで探したいものがあるんだ。まあ、まずは、その物騒《ぶっそう》なものをしまってくれたまえ。君らが本気で襲いかかっても、彼をどうにかできるとは到底《とうてい》思えない」

「挑発するようなことを言うなよ」

俺が諫《いさ》めてもアルアは聞かない。

「彼はこの子ドラゴンを使役《しえき》している竜騎士だ。……滅多《めった》な態度は取らないほうがいい、とだけ忠告しておこう。普段は温厚なのだけれど、怒ると彼も子ドラゴンも手がつけられない」

知ったふうな口を叩くアルアは、やれやれと首を振る。

俺とキュックが怒ったところ、見たことないだろ。

「……っ」

話を真《ま》に受けたのか、男たちがたじろいだ。

俺はアルアに苦情を送る。

「その言い方だと、俺たちが余所《よそ》からやってきた敵みたいな感じになるだろ」

「こんなに大歓迎してくれると思わなかったものでね」

「皮肉はやめろ。もうおまえはしゃべるな。ややこしくなる」

俺は顔を男たちのほうへ向けた。

「遺跡にあるとされている物を探しに来ただけでして、島の方に危害を加えるつもりはまったくありません。まったく」

誤解を解くために、まったくを強調して言う。

「この島に宿があれば利用したいのですが」

「ま、まずはその子ドラゴンを余所に連れて行ってくれ」

まあ、そりゃそうか。

「キュック、戻れ《バック》」

俺が命じると、淡い光とともにキュックが姿を消した。

すると、男たちとアルアから驚嘆《きょうたん》の声が漏《も》れた。

「き、消えた……」

「召喚魔法か!?」

「召喚士で、竜騎士なのか」

男たちは口々に驚くが、アルアだけは感心したように目を細めている。

「召喚魔法は、実は間近《まぢか》で見るのは初なのだけれど、非常に知的好奇心をそそるね……」

「気に入ったんならまた今度見せてやるよ」

ようやく男たちが警戒心をゆるめ武器を下ろしてくれたので、俺は話を戻した。

「どこか一晩泊まれる場所はありますか？」

銛を持っていた男が代表者らしく、答えてくれた。

「街みたいに泊まれるような場所はねえ。狭くても構わねえなら、オレの家に来い」

「いいんですか？」

「ああ。知らなかったとはいえ、いきなり武器を突きつけた無礼のお詫《わ》びだと思ってくれ」

「いえ、当然でしょう。魔物に乗った男と魔女のような女が島に上陸したんですから」

「そう言ってくれると助かるよ」

代表者の男と俺は軽く握手をした。

彼はニジと名乗り、島長《しまおさ》であるという。歳《とし》は四〇に届くかどうかというくらいで、日焼けした肌と白い歯が印象的だった。

ニジさんの家まで案内される途中、アルアのような女性がよほど珍《めずら》しかったのか、他の男たちはチラチラと目線を送っていた。

「私の美貌《びぼう》がそんなに気になるかい？」

アルアもそれに気づいていたらしく、冗談めかして男たちに言うと、みんな黙って目をそらしてしまった。

「ふふふ。シャイなんだねぇ」

「からかうなよ」

「魔女の人、すまないな。オレたち島のもんは、街の女が珍しくてな。勘弁《かんべん》してやってくれ」

ろう。

「構わないよ。注目を浴びること自体、嫌いではないからね」

決して街の女ではないが、身なりが多少派手《はで》なので勘違《かんちが》いしたらしい。

ちょっと前まで全裸だったりローブ一枚を羽織《はお》っているだけだったとは、想像もつかないだ

漁村までやってくると、ニジさんについていていた男たちは帰っていった。

「オレもあいつらも漁師で腕っぷしだけは自信があるんだ。……召喚士さん、あんた本当に強いのか？　そうは見えないが」

ニジさんは疑いの目で俺を足元から顔まで、視線を何往復もさせた。

筋肉モリモリでない俺は、この島の基準では強そうに見えないんだろう。

「召喚士で剣が多少使える程度なので、大したことないですよ」

「島長殿、彼がとくに強いのはアッチのほうだ」

変なこと言うな。あと、卑猥《ひわい》な手つきやめろ。

下ネタがクリティカルヒットしたのか、ニジさんはハハハ、と笑った。

「ニジさん、違いますからね？」

「面白《おもしれ》ぇ人たちだ」

家に案内してもらうと、奥さんと二人の娘さんが迎えてくれた。

ニジさんが家族に俺たちのことを説明をすると「主人が失礼をしたみたいで、すまないね」

と謝ってくれた。

「アンタ、遺跡ってウチの島にそんなもんあったかい？」

「もしかすっと、あそこじゃねえかと思ってるんだが……」

奥さんとニジさんが話をしている。

「奥方、私は空腹だ。食事の用意などあれば頼みたい」

「おい、いきなり厚かましいだろ」

「君は何を言っているんだい。泊まらせるということは、それくらい覚悟の上だろう。君だって屋根だけを借りるつもりだったわけでもないだろうに」

「いや、そうだけど」

町というよりは村といった風情《ふぜい》の場所で、宿屋も食事をするお店もなかったが、さすがにこちらから要求できなかった。

アルアは、良くも悪くも本音でしゃべるようだ。

クスクスと笑った奥さんが「ちょうど準備してたところだったから、もう少し待っておくれ」と言って調理場へ向かった。

出してもらった奥さんの料理を食べながら、俺はニジさんに尋《たず》ねた。

「遺跡について何か心当たりがあるんですか？」

アルアにも、この島に遺跡があるという確証はなかったらしい。こいつからすれば、噂の真相を確かめに来た、という程度だったのかもしれない。

「あんたらが言っているものとは違うかもしれないが」

「構わない。話してくれたまえ」

と、アルアは偉そうに先を促《うなが》す。

「上空から谷が見えなかったか？　あそこは贄《にえ》の谷と呼ばれてな、特別なとき以外島のもんも近づかない場所なんだ」

「では、その谷に遺跡らしきものがあるのだな？」

「確証はない。だが、以前勝手に入り込んだよそもんがいたんだが、そいつらの話では、そういったものがあると」

そのよそ者たちは、自分を冒険者だと名乗ったらしい。

地元の人が大切にしている場所にそうとは知らず勝手に踏み入ってしまうことがままある。冒険者あるあるだ。そいつらも、しこたま怒られて追い払われたに違いない。

「では、明日そこへ行ってみよう」

アルアの提案に俺がうなずくと待ったがかけられた。

「そこへは行くな。ミューズレイ様……海の神様が宿ると言われている谷だ。オレらも滅多に行かない」

「……けど、特別な事情があれば行くんですよね？」

俺が尋ねると、ニジさんも奥さんも表情を曇《くも》らせ視線を下げた。

「……豊漁と海の安全を願う祈神祭《きしんさい》が、三年に一度ある。そのときにな」

二人の様子からして、楽しい祭りじゃないことがすぐにわかる。

「それはいつ催《もよお》されるんだい？」

「来月」

「さすがにそんなには待てない。今回のことは、島長殿は聞かなかったことにしてくれ。我々だけでひっそりこっそり忍び足で行ってくることに……」

「よそもんは入るな！　ミューズレイ様の怒りを買うかもしれん！」

厳しく言うニジさんだったが、アルアに気にした様子はなく肩をすくめていた。

「何が神だ。バカバカしい」

「おい、アルア、やめろ」

土地によっては、こういった土着信仰の神は結構いるものだ。

「よそもんのあんたらにはわからんだろう。不漁の辛《つら》さも海の怖さもな」

自分たちではどうしようもできないことがあると、人は神に祈る――。

王都だろうが田舎《いなか》だろうが島の漁村だろうが、どこでもそうだ。

娘を寝かしつけた奥さんが戻ってきた。

「あんた、この人たちは、すごい人なんだろう？　相談してみちゃどうだい」

「相談っつったって何をだ」

「供物《くもつ》のことだよ」

「……」

「困ったことがあるのなら話してみるといい。この男は頼りになる。彼が力を貸そう」

勝手にアルアが俺の助力を約束してしまった。

まあ、事情があるのなら、やぶさかではないので何も言わないでおこう。

「供物っていうのは、子供のことだ」

愉快な話じゃないとは思っていたが、そういうことだったのか……。アルアは何も言わずに、げんなりした様子でため息をついていた。

「オレが生まれる前は、海の幸《さち》や山の幸だけだったらしいが、子供を捧《ささ》げることが一番効果があると、ある日わかった」

「それで君たちは、数年に一度我が子を供物として捧げて豊漁を願っていたのか。……なんと愚《おろ》かな」

「なんとでも言え」

「その神とやらに捧げて豊漁になったとして、それで食べる食事は果たして美味《おい》しいのだろうか」

アルアの言う通りだ。

これには夫妻は何も言い返さなかった。

「……来月の祈神祭で供物を捧げるのは、ウチなんだ」

アルアが嘆《なげ》くように首を振った。

娘二人の顔が脳裏《のうり》をよぎる。

あの子たちのどちらかが……。

「わかった。いいだろう。私と彼が谷に入り、ミューズレイ神とやらに確認してきてやろう」

「確認？」

「ああ。そうとも。子供を捧げることが効果があると言ったな？　他に試したことは？　もしかすると、代用できるものがあるかもしれない」

そいつがなんなのか訊《き》いてきてやろう、というのがアルアの提案だった。

さっきまで神様のことをバカにしていたのに、いきなり存在を認めるようなことを言い出した。

自重《じちょう》を促した俺でも、神なんていないだろう、とまだ思っているのにだ。

「ミューズレイ様と意思疎通《そつう》できるとは思えないが」

きっぱりとアルアが答える。

「彼ならできる」

おい、言い切るなよ。できねえよ。

「なぜなら、ドラゴンを使役するということは人外の存在を従えるということ。従えずともよいのであれば、神と会話を交わすくらい容易《たやす》い」

容易くねえよ。そもそもいるのかどうかも怪《あや》しいのに。

適当な嘘《うそ》だったのに、二人は鵜呑《うの》みにしてしまった。

「ほ、本当か、召喚士さん」

「できるんなら、やってみてくんないか?」

夫婦が期待を込めた眼差《まなざ》しで俺を見つめた。

アルアが見えないように俺を肘《ひじ》でつついてくる。

……あー。わかった。

こいつ、谷を探索する大義名分が欲しかっただけなんじゃないか?

ちらっとアルアを見ると、顎《あご》をしゃくっている。

「……やってみましょう」

できるとは言ってない。本当でもないし嘘でもない。

「私たちは、先ほどの話を聞いて酷《ひど》く胸を痛めた。そうだな?」

「……あ、ああ。そうだ」

と、俺はアルアに調子を合わせておいた。

うむ、とアルアは尊大にうなずく。

「対話の結果、子供以外の物を所望《しょもう》してくれれば、血の涙を流して我が子を差し出す親はいなくなるだろう」

「頼むよ、召喚士さん、召喚士さん」

「召喚士さん、できることならなんでもお礼はさせてもらうから」

さっきまで入るなってすごい剣幕だったのに、今はまるで逆。それだけ本心は嫌だったに違いない。

大嘘がバレなきゃいいが。

「わかりました。明日、さっそく谷に入ってミューズレイ神との対話を試《こころ》みます」

いるかどうかわからないけどな。てか、いないだろう。

実際、神とされるやつがいるのか、いないのか。

後者であれば、負担にならない代用品を適当に挙げればいい。

〈第8章〉遺跡と仕掛け

翌朝。

島長《しまおさ》のニジさんが島民に話を通しておいたせいか、大勢の人が俺の出発を見送りに集まっていた。

「……風習だから従わざるを得ないと思っていても、みんな心のどこかでこの理不尽なシステムをやめたかったのだろうな」

先にキュックに乗ったアルアがぽつりとこぼす。

準備が整うと、俺は軽く会釈《えしゃく》をしてキュックを飛び立たせた。

「さて。大手を振って遺跡の探索をする許可を得たわけだが、私は君に賞賛されてもよいのではないかと考えている。なぜなら、あのままでは私たちは追い返され、島長殿の娘は来月供物《くもつ》として捧《ささ》げられていたからだ。すべては私が機転を利《き》かせたからでは？」

「そうだよ。おまえの頭の回転が速いから、こうして島民に歓迎される形で調査することができる。あー、すげーな、アルアは」

半ば自棄《なかやけ》になって褒《ほ》めると、後ろからご機嫌な笑い声が聞こえてきた。

「あはは。君に褒められるのは気分がいい」

「そうかよ」

ばさりばさり、とキュックが飛行すると目的地まですぐだった。

山と山の間にある小さな谷で、大きな川がその中央を流れている。

贄《にえ》の谷と物騒《ぶっそう》な名前で呼ばれているが、部外者の俺からすれば、物々しい雰囲気《ふんいき》は何も感じないし嫌な気配もとくにない。

比較的広い谷の入口には祭壇があり、供物を並べる台があった。

あそこに土地の産物や子供を置いていたんだろう。

さらに谷を奥へと進むと、片方の山裾《やますそ》あたりに洞穴《どうけつ》を発見した。

「きっとあそこだ」

「冒険者の興味をそそるような雰囲気だね」

おっしゃる通り。俺もまだ冒険者をしていて、事情を知らなければ入っていっただろうな。

洞穴の入口にゆっくりと着地すると、キュックを撫《な》でて労《いたわ》った。

「本来なら、俺はアルアを送って連れて帰るだけなんだが」

「つれないことを言う。一緒に行こうではないか。それとも君は、か弱い婦女子にこんなかび臭い洞穴の中を一人で探索してこいとでも言うのかい？」

「わかったよ。イイ性格してるよ、本当に」

「ふふふ。長所でもあるし短所でもあると自覚している」

短所の自覚あるのかよ……。

しかし、大きな洞穴だな。

自然にできた穴のようで、入口からでは奥がさっぱり見えない。

俺たちはキュックの背中に乗ったまま中に入った。広いとはいえ、何があるかわからないのでゆっくりと歩行させている。

「遺跡と呼んだのであれば、人工物をどこかで見つけたのだろう」

「今のところ、そういった物はないな」

岐路《きろ》に立つと風を感じたほうへ進路を取った。

「どうしてこちらに？」

「風があると、川や出口に繋《つな》がっている可能性が高いんだ。行き止まりは空気が停滞する」

「ほぉ。なかなか頼りになる」

「ありがとう」

光が完全に届かなくなると、準備していたランタンで中を照らしさらに進む。すると、階段らしきものがあった。

自然にできたものではなく、足場として上りやすいように石や岩が並べられていた。

軽快にキュックが上がっていくと、すぐに開けた場所に出た。

古い木箱がいくつかおいてあるだけで、一見すると他には何もない。

「ううむ。木箱の中身はもう空《から》だ。遺跡だと言いふらした者以外にも、何人かここまでやってきた人間がいるのだろう」

中を覗《のぞ》いてアルアはため息をつく。

俺の予想が正しいのであれば、古代魔法が記された石板なんてものはたぶんない。

冒険者は、見方を変えれば盗賊《とうぞく》でもある。お金になりそうなものは根こそぎ持ち帰る。誰かが立ち入ったのであれば、大した物は残ってないだろう。

念のため何かないか探していると、重しのように木箱の中に入っている石を見つけた。一抱えほどの大きさがある。

「そっちは何か見つかったかい？」

「ただの石を」

「石!?」

はっと反応したアルアが小走りでこっちにやってきた。

石がそんなに珍《めずら》しいのか？

「これだ」

俺が指さした石をアルアは目をすがめて眺《なが》める。

「……持ち上げてみてくれないか」

「へいへい」

俺は完全に探索の助手だな。ずっしりと重い石を抱え上げると、アルアは下のほうから石を見る。

「――あった」

「何が」

「ひっくり返して置いてくれたまえ」

言われた通りにすると、石の裏面には何かが彫《ほ》られていた。

「大昔、南部で使われていた今や失われたとされる古代語の一種が彫られている」

「古代語……？　アルア、読めるのか？」

「もちろん。私を見くびらないでほしい。学のない冒険者風情《ふぜい》にはただの石にしか見えなかっただろうね。この文字もきっと読めなかったはずだ。……この洞穴には、まだ奥があるぞ」

アルアが手応《てごた》えを得てニヤりと笑う。

密《ひそ》かに侵入した冒険者は、みんなここで引き返したんだろう。

「彫ってあるのは奥への行き方だ。どうやら、この石が鍵《かぎ》の役割を果たすらしい……。東に台座があって……そこに置けばいい、と？」

古代語をぶつぶつと読むアルアの言う通り、試《ため》してみることにした。

それらしき台座を見つけると、俺は再び抱え上げた石をそこに置いた。

「「…………」」

俺とアルアが周囲をキョロキョロしても、何も起きない。

アルアが顔を険しくする。

「まさかとは思うが、イタズラか……!?」

「古代語を石に彫って？　古代人がそんな手の込んだイタズラするか？」

台座が違うんじゃないかともう一度探そうとしたときだった。

ゴゴゴゴゴ、と下から地鳴りがする。

「きゅあ!?　きゅきゅきゅきゅ!?」

驚いたキュックがどたどたと慌《あわ》てて俺のほうへやってきた。怖かったのか、俺を守ろうとしたのかはわからないけど、目を真ん丸にしているあたり、たぶん前者っぽい。

「すごい、すごいぞ！　ほら、見ろ、開いていく！」

興奮《こうふん》しながらアルアが地面を指さすと、床の一部がゆっくりと開いていき、地下への階段が現れた。

「この奥に古代魔法が記された石板があるのだな……！」

「……なんか、冒険者よりも冒険してるような気がするな」

やれやれ、と俺はため息をついた。

こういうギミックは、盗賊対策としてよくあるので俺は見慣れている。

作ったくせに解き方がわからなくなった仕掛けを解く、なんてクエストもあるくらいだ。

ランタンを片手に下へ降りていくと、石造《いしづく》りの頑丈《がんじょう》そうな個室に行き当たった。

キュックが入っても問題ない程度には天井が高く、アイシェの酒場くらいの広さがあった。

「何かを研究していたのかもしれないな」

ボロボロの机を見つけたアルアは、その上にあった紙束を手にする。めくろうとすると、風化していたらしく、簡単に崩《くず》れてしまった。

「紙があるのに、どうして石板に彫ったんだ？」

「おそらく、耐久性を考えた結果だろう。さっきのように読めなくなるリスクが減る。……石板に彫ったのは、よっぽど後世に残したい大切な内容だからだろう」

「なるほどな」

ところどころに骨が落ちている。動物のものか……？

しゃがんで手に取ってみた。

「これって――」

そのときだった。部屋の天井が淡く光った。見上げた先に魔法陣があり、徐々《じょじょ》に輝きを増している。

「きゅぉ…………」

キュックが疲れたように地に伏せた。

「この魔法陣――」

「アルア、何かわかるか!?　キュックの様子がおかしい」

どろり、とした疲労感が俺の全身を包む。

この感じからして、侵入者の生気を奪う類《たぐい》の罠《わな》だ。

「アルア！　この部屋はヤバい！　出よう！」

「これは……――、……で……だから――」

俺に影響があるならアルアもこの疲労感に襲《おそ》われているはず。だが、見上げた魔法陣から一切目をそらさなかった。

マズい。魔力が奪われたせいでキュックの召喚状態を維持《いじ》できない。

「キュック、戻れ」

「きゅぉ……」

淡い光とともにキュックは姿を消した。

倦怠感《けんたい》がありありと顔に出ているアルアだったが、まだ魔法陣に熱中している。

「アルア！」

俺は彼女の手を摑《つか》んで強引に元来た道のほうへ戻る。

だが。

「――閉まってる！　戻れない！」

「そういう術式のようだったな」

「冷静に言っている場合か」

階段は罠の範囲外で、生気を吸い取られるようなことはなかった。

「アルア、あの部屋に骨があっただろ」

「……あったか？」

「あったんだよ。おまえは魔法陣に気を取られていて気づかなかっただろうけど。おそらく人の骨だ。しかも子供の。比較的まだ新しい」

「……ということは何か。あの祭壇からここまで供物はやってきたというのか」

「ってことだろ」

「バカな。あの石を持ち上げて古代語を読んで台座に運ぶんだぞ。ありえない」

「ありえないかもしれないが、実際そうなってるんだ」

「だとしたら何人分もの人骨がなければおかしい」

「……あの罠、あそこにずっといたら骨も粉々《こなごな》になるとしたら」

キュックがへバるほど強力なものだった。

子供ならすぐに意識を失っても不思議じゃない。

「しかし、子供たちは一体どうやって……。あの術式は円環式といって、取り入れたものをゆっくりと消費する仕組みのものだ」

「消費って、誰が――」

俺が尋《たず》ねたとき、部屋の奥から魔力の光が輝いた。

アルアと顔を見合わせ、俺たちは罠の範囲を確かめながらゆっくりと部屋のほうへ戻っていく。

そこでは、本が宙に浮かんでいた。

稲妻《いなずま》のようなエネルギーを魔法陣から受けて青白く光っている。

装丁《そうてい》からして、さっきアルアが手に取ったものだとわかるが、新しくなっていた。

「どうなってる」

「海の神とやらは、どうやらあの本のことのようだ。捧げられた供物はなんらかの方法でここにやってきて、魔法陣によって生命力を奪われる。そしたら、あの本が本来の姿に戻り、力を発揮《はっき》する――そんなところか。やはり神などいないじゃないか」

アルアは皮肉めいた笑みを覗かせる。

俺たちの声が聞こえたのか、本がまた光り、何かの魔法を発動させた。

空中に淡い光が発生する。

……召喚魔法だ。

淡い光がなくなると、部屋の中には全身甲冑《かっちゅう》で剣と盾《たて》を持った騎士が現れた。ヘルムの中は真っ暗で、およそ人が入っているとは思えない。

ガシャン、ガシャン、とこっちへ向かってくる。

「やるしかないな」

剣を抜いてアルアの前に出る。

例の罠は発動を終えたらしく、部屋の中に入ってもなんともなかった。

「元の状態では読めたものではない。あのままで読みたい。どうにかしてくれ！」

「んな無茶ぶり……」

重そうな甲冑のくせに、騎士は身軽に接近して剣を振り下ろしてくる。

「おっと」

ガギン、と剣で受けると、盾で脇腹《わきばら》を殴ろうとしてくるので、足を上げて防御《ぼうぎょ》する。

生気もなければ殺気も感じない。

本はというと、宙に浮いたままで次の魔法を発動させる気配がなかった。

「アルア、読みたいなら今だ」

「うむ」

小走りで本に駆け寄ったアルアを横目に、俺は騎士に一撃を見舞う。

直撃した感触でいうと、中身は空っぽだ。

ガシャン、と壁に叩《たた》きつけられた騎士は、また立ち上がって迫ってくる。

こいつは、おそらく罠にかからず逃がしてしまった者を始末するのが役目なんだろう。

「この程度の腕なら、適当に時間を延《の》ばせるな」

騎士の剣を鼻先でかわし、前蹴《まえげ》りで適度に距離を取りながら、俺はアルアが読み終わるのを待つ。

「どうだ、アルア、読めるか？」

「ああ、もう大丈夫だ。遠慮なくその騎士殿を斬《き》ってくれたまえ」

ガシャン、ガシャン、とまた間合いに入ってくる騎士に、俺は上段に構えた剣を思いきり振り下ろした。

ギィン、と金属がこすれる高い音を立てながら、甲冑が肩口から反対の脇腹まで斜《なな》めに両断され、地面に転がった。

すると、召喚時と同じ淡い光を発して消え去った。

振り返ると、アルアの手には、元に戻ったボロボロの本があった。

アルアは肩をすくめて、ぽい、と本を元あった机の上に放り投げた。

「何が書いてあったんだ？」

「自動で発動する召喚魔法の術式と、そのための魔力を外部から調達するというものだ。簡単に言うと、誰もいなくとも発動する魔法を研究していたようだ。紙に大したことは書かない……。期待したが、その通りだったよ」

「じゃあ、島の人たちが豊漁や海の安全を祈念《きねん》していたのは……」

「確認したが無関係だった」

そうじゃないかと思ってはいたが、これまで捧げられた子供たちのことを考えると、無念でならない。

「あの本は、ここを作った者の日記だ。子供たちがここに来れたのは、転移魔法によるもののようだ」

転移魔法は、今でもかなり珍しい魔法だ。それを大昔は実用化できていたんだな。

アルアは、祭壇あたりに魔法陣があり、ここへ転移する術式が組まれていたと言った。

「じゃあ転移魔法で子供たちはここにやってきて、あの罠で生気を吸い取られたってことか」

残念だがそういうことなんだろう。

どうして子供を供物として捧げるようになったのかは、わからない。だが、そうしたらたまたま豊漁と重なったんじゃないか。でなければ、そんな辛《つら》い風習が残るはずがない。

「それで、アルアの目的の物は見つかったのか?」

「一応ね」

天井にある魔法陣と転移の魔法陣がそうらしい。

簡単にさらさらと書き写しながら、ニヤニヤと笑っている。

「帰ってから隅々《すみずみ》まで調べさせてもらおう。グフフ……」

……ここを作ったやつも、こんなやつだったんだろうか。

アルアの目的も達成できたし、海の神なんていないことも確認した。豊漁と不漁に供物が関係ないこともわかった。

アルアと俺はニジさんのところへ戻った。俺たちの帰りを待っていた島民たちも、真剣な顔で報告を聞こうとしていた。

「召喚士さん、どうだった？　神様は、なんと？」

島民たちからじっと視線が注がれる。

……そうだった。そういう設定だったな。

「えーと」

俺が考えていると、オホン、と秘書面《づら》をしたアルアが口を開いた。

「竜の召喚士は、海の神と交信することに成功した」

「「「おぉ……」」」

また嘘《うそ》八百を……。

呆《あき》れた俺はアルアに流し目をする。

俺は彼女の発言に合わせて、厳《おごそ》かな顔つきでゆっくりとうなずいた。

「そうです。成功しました」

「そ、それで、神様はなんと!?」

「召喚士様！　供物《くもつ》は……、供物はどうなるのでしょう!?」

口々に騒ぐ島民をアルアが静める。

「落ち着きたまえ。……まずは結果から言おう。神は、供物は不要であると仰《おお》せだ」

アルアの言葉を理解するまで時間がかかったのか、一瞬、しんとしたあと、わぁぁ、と歓声《かんせい》が上がった。

「もういいんだな！　子供を捧《ささ》げなくても！」

「ありがとう、召喚士様……」

「これで安心して子供が作れる」

両手を突き上げて喜ぶ者、夫婦で泣きながら抱き合っている者、これまでの子供たちを思ってむせび泣く者……、反応は様々だった。

「これまで捧げた子供たちを鎮魂《ちんこん》するための慰霊碑《いれいひ》を作るといい。……と、仰せだ」

アルアが言うと、その真偽《しんぎ》を確かめるかのように俺が注目される。

「交信したことで、神様は皆さんの篤《あつ》い信仰心を理解されました。なので子供はもう十分だと。今後の供物は、島で取れた産物で構わないそうです。そうすれば、今まで通りの加護を約束すると仰せです」

ニジさんと奥さんも泣いて喜び、俺に握手を求めた。

こんなに喜んでくれるのなら、嘘をついて遺跡まで行ったかいがあるってもんだ。

「慰霊碑というのは、どういうものを作ればよいのでしょう？」

「え？」

いれーひ……。

ああ、アルアがさっき言ってたな。子供たちの魂《たましい》を鎮《しず》めるための慰霊碑って。

言い出しっぺは自分なのだから回答もアルアがするのだと思ったら、「竜の召喚士しか内容は聞いていないんだ」と俺に押しつけてきた。

こいつ……！　面倒《めんどう》くさいからって俺に投げたな？

「い、石の、こういう、アレです……」

「どういう、アレでしょう……!?」

急に振られた話題なので、ふわっとしか答えられない俺に、島民たちは真剣な顔で迫ってくる。

隣でアルアがクスクスと笑っていた。

あとで覚えとけよ、この魔女め。

山で見つけたひと際大きな岩を、祭壇の近くまで運ぶことになった。こいつをあとで加工して慰霊碑にするのだ。

島民全員が縄《なわ》を持って曳《ひ》こうとしていたので「こっちでやりますから」と俺は制して、ロックを召喚した。

ロックは岩を肩にひょいと担《かつ》いで、驚いて唖然《あぜん》としている島民たちをよそに、目的地まで運んだ。

岩の加工は俺がする。

といっても剣で斬《き》って平面をひとつ作るだけだが。

ズバン、とやって岩の前面を平らにすると、船大工がノミを持ってきてくれた。

供物を捧げた親が静かに名前を彫《ほ》りはじめるのを、俺とアルアは少し離れた場所から見守っていた。

「アルアが言った通りだな」

「ん？」

「後世に伝えたい大切なことは、石に彫るって」

ふっと皮肉そうにアルアは笑う。

「君も、感傷的になることがあるのだな」

「俺はそこまで冷血人間じゃない。滑《なめ》らかに嘘をつくから、何させられるかと思ったけど、結果的にアルアに乗っかってよかった」

「そうだろう、そうだろう。私の名演技はもっと評価されるべきだと常々《つねづね》思っていたところだ」

「調子《りっぱ》いいこと言うよな」と俺は笑った。

立派な慰霊碑が完成するのを見届けて、俺たちは島をあとにすることにした。

お礼がしたい、と引き止めるニジさんたちに、俺は「次の仕事があるので」と丁寧《ていねい》にお断りをした。

「竜の召喚士殿を待っている民は大勢いる。彼らのためにも、長くここに留まることはできないのだ」

と、またアルアが適当な嘘をつく。

俺は人助けの旅をしている巡礼者《じゅんれいしゃ》じゃないぞ。

出発する直前に、島の特産物をたくさんもらった。せめてものお礼だという。

お土産《みやげ》ということにして、これはありがたくいただくことにした。

「来月にある祭りも是非《ぜひ》来てください」

「行けたら行きます」

俺が笑顔で言葉を濁《にご》すと、「面倒ならそうだとはっきりと言えばいいものを」とアルアがぼそっとつぶやく。

「おまえみたいに本音だけで生きてないんだよ、俺は。傷つけないための嘘だって必要だろ」

「どうせ行かないだろう」

「……まあ、遠いからな」

生《なま》もののお土産は、腐らせてしまうからと遠慮したばかりなのだ。

そうして島民たちに見送られ、俺たちはようやく島を発《た》った。

「アルア、ひとつ訊《き》きたい」

帰路の途中、俺は疑問に思っていたことをアルアに尋《たず》ねる。

「あの古代魔法のシステムを作ったやつは、どうしてあんなものを作ったんだ？」

古い本は日記のようなものだとアルアは言っていた。だからその理由も書いてあったのでは、と俺は考えていた。

「君はきっとがっかりするだろうが」

そう前置きして続けた。

「実験さ。筆跡だけで性別はわからないが、便宜《べんぎ》上、彼としておこう。……彼はやってみたくなったんだ。考えていたら理論通りできるかどうか試したくなった。あの一連の仕掛けに壮大な理想も理念もない。……ただの研究者の好奇心だ」

最初から人間をあそこに送って魔法を発動させるつもりではなかったらしい、とアルアは言う。

「珍《めずら》しいが、転移魔法は今だとなくはない魔法だろう。だが当時では誰もそんな魔法は使えなかったそうだ。誰にも邪魔されず、そのアイディアを奪われることなく完成させたいと考えていた」

「だからあの島で？」

「ああ。自分だけが入れるように入口に仕掛けを用意して、万が一入ってきたときのために強力なドレイン系の魔法を作っておいて……」

アルアは納得したような顔をしているが、俺はさっぱり納得できない。

「なあ。転移魔法で中に入れるようにしてあるのに、侵入者対策がされているのはどうしてなんだ？　変だろう。アイディアを盗まれたくなかったら、外から中に通じるあの仕掛けは発動しないようにしておかないといけない」

くくく、とアルアは押し殺したような笑い声を上げる。

「ごもっとも。君の言う通りだ。転移魔法を完成させて手柄《てがら》を自分のものにしたいなら、祭壇の転移魔法を破壊しなければならない」

「だよな」

「これはねぇ、私も彼の気持ちがよぉぉぉくわかるのだけれど……ふふ」

「なんだよ、彼の気持ちって？」

「エゴだよ。研究者の。知られたくないが、知ってほしいんだよ」

「どういうことだ？」

「誰にも知られず研究して、転移魔法を完成させた。それはいいが、同時に誰かに知ってもらわないと、自分の努力や技術、発想、経験は、後《のち》の世に残らない。自分がいかにすごいことをしたのか、誰にもわからないままだ」

わかったような、わからないような。

俺が曖昧《あいまい》な態度を取っていると、アルアは続けた。

「好奇心や探求心と自己顕示欲《けんじよく》は、別ものさ。努力や発想を認めて褒《ほ》めてほしいんだよ。発明がすごければすごいほどね」

「じゃあ、あの仕掛けはどうして？」

「発明を理解できそうな者を選別するため、と私は解釈している。誰でもいいわけじゃあないってことさ」

正規の入り方だと、石の文字を読む必要がある。この時点で文字が読めない人間は表からは入れないし、金目の物が目当てなら石には目もくれないだろう。

そして、入ったあとはドレイン魔法が発動し、それをかいくぐれば召喚魔法で騎士が出てくる。

選別するためだけと考えれば、あの騎士がそこまで強くなかったのも納得いく。もし討伐《とうばつ》クエストであれば、ランクはCかDくらいだっただろう。

「その後の彼のことはわからない。転移魔法が完成したら、案外飽きてしまって、他のことを研究しはじめたのかもしれないね。後始末《あとしまつ》を忘れて。まったく、変な魔法使いだよ」

「おまえが言うなよ」

「ええ？　心外だな。こんなに知識が豊富で誰もが振り向く美貌《びぼう》の持ち主をつかまえて、君は一体何を言うんだい？」

アルアは本気とも冗談ともとれないようなことを言った。

「それで、報酬《ほうしゅう》はどうするんだ？」

「考えていたのだけれど、こんなのはどうだい？」

前に座る俺との距離を縮《ちぢ》めたアルアが、腰に抱きついてむぎゅう、と豊満な胸を俺の背中に押しつけた。

「……あのな」

「まだある」

もぞり、と身動きをしたアルアは、俺の頬《ほお》にちゅ、とキスをした。

「魔女の口づけだ。結構な価値があると思うが」

「もういいよ。わかった、わかった。ありがたくもらっとくよ」

この話を終わらせるため、俺は投げやりに言った。

元々大したものは期待してなかったし、島民のみんなの感謝が一番の報酬だと思っている。

「おやおや？　口づけに価値を感じるなんて……スケベだね、君も」

「うるせえよ。振り落とすぞ」

「あははは」

こうして、アルアからの依頼は無事に報酬（？）をもらい、達成された。


「……ってなことがちょっと前にな」

数日後。

アイシェの酒場でフェリクと顔を合わせると、「最近どうしてたの？」と訊《き》かれたので、あの島で起きたことを話していた。

「南の島なんて素敵《すてき》ね。青い海と青い空……私も波の音を聞きながら、ゆっくり過ごしたいわ」

俺の話を最後まで聞いて、出てきた感想がこれである。

リゾート地で楽しく過ごしたとは一言も言ってないのに。

「キュックに乗ったら、そんな遠くまですぐに行けてしまうのね」

「キュック様様だろ？」

「そうね。……ジェイ、あのぅ……」

フェリクが何か話し出そうとすると、飲み物を持ってこようとしていたアイシェが、ピタリと止まって、ごくり、と喉《のど》を鳴らした。

話の腰を折らないようにか、それとも何を言うかわかっているのか、テーブルから数歩の距離で見守っている。

「ジェイの家に……そろそろ……」

「家に？」

フェリクがモジモジしていると、酒場がざわついた。

次の言葉を待っている間に首を回して様子を窺《うかが》うと、ついこの間まで一緒にいたアルアが酒場の中を見回していた。

「ああ、いたいた！」

にっこりと笑顔を咲かせたアルアは、弾《はず》むような足取りでこちらへやってくる。

それを、シュバッとアイシェが遮《さえぎ》った。

「お、お客様……！　お席へご案内いたしますのでこちらへどうぞ」

「いや、いいんだ。連れを見つけたからね。彼のところで構わない」

「あのテーブル席は、二人までとなっていまして」

百戦錬磨の営業スマイルでアイシェはアルアを接客する。

「二人まで？　おかしいな。私の目と脳が正しいなら、向かい合っている彼らの脇《わき》に椅子《いす》が見えるのだが」

「古い椅子でして、いつ壊れるかわからないので使用を禁止しているんです」

「そうか。まあいい。空席から椅子を借りることにする」

「あぁぁ、今は、取り込み中ですので……！」

「……どこが？　彼はずいぶん暇《ひま》そうにしているし、向かいの顔の赤い彼女はだんまりじゃないか」

「だ、か、らっ。それが取り込み中だって言ってるでしょ」

アルアの遠慮のなさに、徐々《じょじょ》に素《す》が出てきてしまっているアイシェだった。

あいつの相手をするのは、面倒だろうな。

そう思って俺は助け船を出した。

「アイシェ、大丈夫だぞ。そんな気を遣《つか》ってくれなくても。ここ、空《あ》いてるし」

「ジェイさんはだから朴念仁《ぼくねんじん》って言われるんだよ――っ!!」

アイシェに怒られた。

しかも結構な剣幕で怒られた……。

なんでだ。

「しかもまた女増えてるじゃん！」

「この前の依頼者だ」

俺がそこら中で女の人を引っ掛けてるみたいな言い方するなよ。

まったく。

「店員」

「な、何よ……何ですか」

「彼と私は、ただの関係ではない。裸《はだか》を見られてキスをするような仲だ」

「おい。誤解されるような言い方すんな」

間違ってないから否定もしにくいんだよ。

アイシェがかぁっと頬を染めて、俺とアルアを交互に見る。

「ジェイさんのヤリチンっっっ！」

「声がでけえよ！　てか、何もしてないからな！」

酒場で仕事してるせいで覚えた単語なんだろうけど、ちっちゃい頃から知っているアイシェにそんなことを言われるとは。

フェリクが静かなので、恐る恐るそっちを見ると、目は虚《うつ》ろで口からは魂が抜けそうになっていた。

「フェリク、大丈夫か？　すごい顔になってるぞ……」

「ジェイ…………その人、美人、ね……」

「あはは。わかってくれるかい、赤髪の少女」

「おっぱい……とっても、おっきい……」

「そういう君は、少年のようだね。身軽そうでうらやましい限りだよ」

爽《さわ》やかな笑顔でアルアが言うと、抜けかかっていた魂がそっと天に上っていった。

「しょ、しょ、少年……」

がくり、とフェリクがテーブルに突っ伏した。

「フェリク――――!?　大丈夫!?」

アイシェが駆け寄って背中をさすると、くわっとアルアを睨《にら》んだ。

「フェリクの貧乳《ひんにゅう》をクリティカルなイジり方しないで！」

いや、イジってないと思うぞ。

よくわからんが、アルアとアイシェで、フェリクをオーバーキルしてないか？

「褒めたつもりなのだけれど」

「……アルア、おまえ何しに来たんだよ」

「わからないかい？　君に会いに来たんだよ」

「そうなのか。わざわざ王都まで？　あの森からずいぶん距離があっただろう」

俺が労《ねぎら》おうとすると、よいしょ、と椅子を引っ張ってくるアルアは、そのまま本格的に話し込もうとしていた。

「それなのだけれど、聞いてほしい」

それをアイシェが阻《はば》もうと、アルアの手にした椅子を引っ張った。

「ダメダメ、もうダメ！　出禁！　出禁！　圧倒的に出禁っ！　出てって――――！　じゃないとフェリクが！　だからモタモタしてちゃダメだって何度も何度も言ったのにっ！　忠告聞かないから！」

興奮《こうふん》するアイシェから、フェリクへの愚痴《ぐち》がちょっとだけこぼれた。

出禁を食らったアルアだったが、案外あっさりとしていた。

「そうか。それでは仕方ない。騒がせてすまないね。……お店を替えよう。もっと静かなところで二人きりで」

「それもそうだな」

くわっとアイシェが俺を睨む。

「それもそうだな、じゃないよ！」

「じゃあフェリクの分は俺につけてくれ。まとめて払うから」

「そこじゃないよ！　フェリクもフェリクだし、ジェイさんもジェイさんだし……んもう！」

何のことかよくわからないが、プリプリと怒るアイシェだった。

お客さんに呼ばれると、後ろ髪引かれながらも、アイシェは呼ばれたほうへ行ってしまった。

「転移魔法を試してここまで来たんだ」

「転移魔法？　あの島にあった術式の？」

「そうとも。手間《てま》ではあったけれど、私にかかれば理解できない代物《しろもの》はない」

「じゃあ、他の人も覚えたら使えるようになる？」

「覚えたらね。だけれど、高度な魔法知識と深い理解を必要とする。教えたとて、まともに使える人間は、片手で数えられる程度だろう」

「そっか。まあ、俺にはキュックがいるから必要ないか」

アルアはつまらなそうに唇《くちびる》を尖《とが》らせた。

「私が頻繁《ひんぱん》にここに来られるようになったんだ。もっと喜んでくれてもいいだろう」

面倒な性格だけど、アルアといて退屈はしない。それが本心だった。

「依頼でもそうだし、よくここにいるから、俺と飲みたくなったら来ればいい」

「わかった。君は私のお気に入りだから、ここにはこれからも顔を出すよ。出禁と言われたけれどね」

笑みを残してアルアは店を出て行った。

俺としゃべりに来たというより、転移魔法を解読して使いこなせたことを自慢しに来たようだった。

「フェリク、起きろ。おーい」

「ん？　……私、どうして寝てたの……？」

抜けていった魂はいつの間にか肉体に戻ったらしく、ぷるぷると子犬みたいに顔を振った。

オーバーキルの衝撃で記憶が少し抜け落ちているようだった。

「それより、俺の家が、なんだって？　何か言おうとしてたろ」

「あっ――」

話の入り口を思い出したのか、フェリクが口を一文字《いちもんじ》にして閉じる。じわじわ、と頬が朱《しゅ》に染まり、それが耳まで広がっていく。

まあいいか。

来たかったらいつでも来ていいって言ってるし。

なくなった酒と料理を注文すると、俺は話を変えた。

「フェリクはこの一週間くらい冒険してたのか？」

「――え？　そうよ。もちろん。ゆっくりだけど、着実に実績を積んでいるの」

得意げに、冒険の話をフェリクがする。

俺はそれを聞きながら、届いた料理をつまんでまた酒に口をつけた。

〈第10章〉 主従の少女と二つの依頼

依頼相手は王家だった。

呼び出された俺が謁見《えっけん》の間《ま》で顔を伏せていると、正面のほうから足音が聞こえてきた。

物々しい馬車で護衛《ごえい》の騎士数名が、アイシェの酒場へやってきて仕事を依頼してきたのは、ついさっきのことだ。

どこの大貴族だろう、と思って外に出ると、馬車には王家の紋章《もんしょう》が刻《きざ》まれていた。

依頼者は……おそらく王家の人間だと思ったが、連れてこられたこの場所から察するに……。

「かしこまらずともよい。面《おもて》を上げよ」

落ち着きのある声が降ってくると、俺はゆっくりと顔を上げた。

「よくぞここまで来てくれた。私がフランシス・グランイルドである」

自己紹介しなくても、当然知っている。

この国の王だ。

歳《とし》の頃は、まだ四〇手前だったはず。

俺より一回り歳が離れているだけなのに、髭《ひげ》を蓄《たくわ》えているせいで、かなり風格があるように見える。

「ジェイ・ステルダムと申します。運び屋をやっております」

謁見の間には、玉座《ぎょくざ》に王様が座っており、背後に騎士が数人、脇《わき》に側近《そっきん》らしき文官が一人いた。

「さっそくだが本題に入ろう。ステルダムよ、運ぶことに関しては非常に信用できると軍部の者から聞いた」

「光栄です」

「そなたには、我が娘を運んでほしい」

「ご息女の殿下《でんか》を？」

娘なら三人ほどいたはず。誰のことを言っているんだろう。

「うむ。三女のリーチェ……ベアトリーチェを、北東のケラノヴァ神国まで頼みたい」

「依頼を請《う》け負う際は、詳細《しょうさい》を聞くようにしておりまして。理由をお聞かせいただけますでしょうか」

「そう構えるな。剣呑《けんのん》な話ではない。リーチェは、彼《か》の国の王子殿下と婚約が決まっていてな。それで今回、ケラノヴァ神国まで送ってほしいのだ。これは、国同士の結びつきを強めるための重要なことでもある」

政略結婚か。まあ、珍《めずら》しい話ではないな。

魔王軍との戦いが日夜続く中で、人間の国同士が連携《れんけい》を密にするというのは良いことだ。やたらと俺の評判がいいのは、以前、軍の重要書類を迅速《じんそく》に送り届けたからだろう。

「あとは、私がご説明いたしましょう」

控《ひか》えていた側近が詳細を聞かせてくれた。

「ベアトリーチェ様は、ケラノヴァ神国の第二王子、シゼル殿下と婚姻《こんいん》なさいます。このご時世ですから、速く、そして非常に安全だと噂《うわさ》のステルダム殿に、ベアトリーチェ様をケラノヴァ神国まで送り届けていただきたいのです」

たしか、三女はフェリクと同年代の年頃だったはず。

「僭越《せんえつ》ながら、私のような一介《いっかい》の運び屋に頼らずとも、護衛をお付けして安全な道を進めばよいのでは……」

「もちろん、そうしようとしました。ですが……護衛の数が多く、荷物もまた多いので、以前魔王軍に見つかり、危険な目に遭《あ》いそうになったのです」

王女の嫁入りとあれば、王家の威光《いこう》を示す場でもある。相当派手《はで》に移動したんだろう。

「それで、自分に依頼を？」

「ええ。その通りでございます。荷物は少しずつあとから送るとして、ベアトリーチェ様だけでも先にご入国させよう、と」

なるほど。

それで、側近が掲示した報酬《ほうしゅう》は五〇〇万だった。

軍や王家は桁《けた》が違うな……。

俺が驚いているのがわかったのか、側近は、大勢の護衛をつけて一カ月近く移動することを考えれば、むしろかなり安上がりだと言った。

「一度襲《おそ》われましたし、今回護衛をつけて移動するとなれば、もっと数を増やす必要がありま す。そうなると費用は五〇〇万の数倍はかかってしまいますので」

とのこと。

「ちなみに今回のような場合ですと、ステルダム殿でしたら、ケラノヴァ神国までの時間はどれほどかかるのでしょう?」

「状況にもよりますが、一日半いただければ送り届けられると思います」

実際は一日かからないだろうが、トラブルが起きるかもしれないので少し余裕をもって伝えておいた。

聞いた側近と王様は目を見合わせて小さくうなずく。

「ステルダムよ。我が娘の移送を引き受けてはくれまいか。リーチェは、シゼル殿下と手紙のやりとりを何度もしている。いわば異国の地にいる想い人なのだ。安全に早く会わせてやりたい」

「承知いたしました。引き受けましょう」

「もしも、リーチェの身に何かあれば……わかるな？」

王様が目をすっと細めるが、俺は首を振った。

「陛下、ご安心ください。もしもはありません」

「ははは。頼もしいな。では、よろしく頼むとしよう」

そう言って王様は謁見の間をあとにした。

詳細は側近とその部下数名と話し合うようで、場所を会議室へ移すことになった。

「ステルダム殿。ベアトリーチェ様だけを運べばよいのですが、なにぶん、手ぶらで花嫁を送り届けるわけにもいかず……」

「荷物があるんですね」

「ええ。多少」

申し訳なさそうに側近は言う。

そりゃそうか。

相手も王子。

着の身着のままで向かうわけにもいかないだろう。

廊下を歩いていると、騎士が俺たちの前に立ち塞《ふさ》がった。

瀟洒《しょうしゃ》な甲冑《かっちゅう》を着込み、金髪を後ろに流している男だった。

そいつは険しい表情で側近たちを睨《にら》み、最後に俺を睨んだ。

「話を聞いたときは、正気を疑いましたが……そこまで頭が回らない方々だとはね」

その騎士は皮肉そうに笑った。

「得体《えたい》の知れない運び屋風情《ふぜい》に、殿下の移送を依頼するなど、グランイルド王家の恥《はじ》というもの」

「マルセロ殿、これは費用の面や安全性を考慮したからこその判断です」

側近は毅然《きぜん》とした態度で言うが、気圧《けお》されているようで腰が引けていた。

「この方は？」

俺が側近に尋《たず》ねると、声を潜《ひそ》めて教えてくれた。

「この方はマルセロ殿といって、近衛《このえ》騎士長です」

「護衛の偉い騎士？」

「ええ。その認識で問題ないかと」

「何をごちゃごちゃとやっている」

眉間《みけん》に皺《しわ》を作るマルセロ。

「運び屋。君はこの件から身を引きたまえ」

「そう言われましても、引き受けた以上、責任をもって最後までやり抜くつもりです」

マルセロが不快感を示す気持ちもわからなくはない。

要は、俺がこいつらの仕事を奪ったわけだからな。

「そうか……金か？　いくらもらった？」

「報酬はこの際問題ではありません」

マルセロが俺をきつく睨んできたので、俺もお返しに殺気を込めて睨み返す。

「っ……ほ、報酬が目当ての下民のくせに、なんだ、その態度は！」

「もちろんタダでは引き受けませんが、事情はこの側近の方から伺《うかが》っています。王女殿下の移動となれば大所帯となるでしょう。魔王軍のことはご存じないようですが、煌《きら》びやかな大所帯など襲ってくれと言っているようなものです。そうやって一度失敗をしたからこそ、自分に依頼をしてくださったのです」

何か言いたげにマルセロが側近とその部下たちをジロリと見る。

いつの間にか、側近たちは俺よりも後ろにいた。

「従来通りのやり方では費用がかかりすぎる上、隠密《おんみつ》性に乏《とぼ》しい。それらを考慮すれば、下民の運び屋に白羽の矢を立てるのもうなずけるのでは」

頬《ほお》をぴくつかせたマルセロは、口をへの字にして押し黙った。

「マルセロ殿……あなた方の顔を潰《つぶ》す結果になったことは謝ります。決して能力を疑っての判断ではないことをご理解いただきたい」

「大所帯が枷《かせ》になるのであろう!?　ならば少数精鋭！　我ら精鋭の騎兵であればケラノヴァ神国へなど一週間で」

側近が恐縮しながらマルセロの言葉を遮《さえぎ》った。

「マルセロ殿。ステルダム殿は、一日半で送り届けられると仰《おつしや》っています。竜で荷物を移送する手段を持つお方でございます」

マルセロが口をぽかんと半開きにした。

「いちにち、はん？　………りゅ……りゅう……？　りゅうって……ドラゴン？」

「すみません。騎兵であれば一週間で……、なんですか？」

俺が続きをどうぞ、とマルセロに発言権を譲《ゆず》ると、半開きの口をしっかりと閉じた。

「……」

もう、だんまり。マルセロは何も言わない。

「ベアトリーチェ様の移送に関しては、すでに陛下《へいか》のご了承を得ております」

「へ、陛下の!?　何をお考えなのか……。このような男に任せるなど、殿下の貞操《ていそう》に何かあればーー」


王女に対する言い方としては悪いと思うが、荷物を襲ったりしねえよ。

この側近たちが考えたことを王様が認めているってことは……。

「マルセロ殿、文句があるのなら、陛下に言ったらいいのでは」

俺が思ったことを言うと、ふふ、と後ろから小さな笑い声が漏《も》れた。

部下の誰かが堪《こら》えきれず笑ってしまったらしい。

「ッーー、失礼させてもらう！」

顔を赤くしたマルセロは、ずかずか、と足音を鳴らして去っていった。


会議室にやってくると、俺はさっそくリスト化された荷物に目を通していった。

荷物は想像の五倍くらい多い。

そりゃ身の回りの物はいるだろうが、どうしてこんなに多いんだ。

王女様と一緒に運べなくても問題ないか確認すると、それは大丈夫らしい。

俺にはロックがいる。

軍のでかい輜重車《しちょうしゃ》を用意してもらって、そこに荷物を載《の》せてロックに曳《ひ》かせればいい。

バカでかい戦斧《せんぷ》を持っているロックを見て近づこうと思う輩《やから》がいるとは思えないが、実戦経験豊富なビンとその部下たちを護衛につければ、安全性はかなり高まるだろう。

こんこん、と会議室がノックされると、品のあるイブニングドレスを身にまとった少女が一人、中に入ってきた。それに続いて、使用人らしきメイドの少女もやってくる。

「ベアトリーチェ様」

側近たちが頭を下げて顔を伏せる。

俺もそれにならった。

「御機嫌よう。顔を上げてくださいまし。貴方《あなた》がわたくしを運んでくださるお方ですの？」

「はい。ジェイ・ステルダムと申します。おそらくケラノヴァ神国までは、順調にいけば一日半ほどで到着できるでしょう」

「ずいぶんお速いのですね」

「ただ、そのためにはお荷物を少なくしなくてはなりません」

「荷物を？」

「荷物は手荷物とそれ以外に分けていただけないでしょうか？　手荷物は、鞄《かばん》一つ分ほど。向こうですぐに使う必要のある、ごく限られた荷物を殿下と一緒に運びますので」

「かしこまりましたわ」

……意外と素直なんだな。

もっと渋ったり我がままを言ったりすると思っていたが、俺が思っている王女様像とは少し違っていて驚いた。

「ユーア」

「はい。殿下」

呼ばれたメイドが返事をした。

「荷物を選んでいただけますか」

「承知いたしました」

「あの、ジェイ様。こちらのメイドのユーア……ユリエラもわたくしと一緒に運んでくださいますか?」

想っている相手がいるとはいえ異国の地。

身の回りの世話をする者はあちらでも用意してくれるだろうが、顔なじみがそばにいてほしいという気持ちはわからないではない。

俺を入れて運ぶ人間は三人となっても、まあ、問題ないだろう。

「ええ。仰《おお》せのままに」

「それはよかったです。ね、ユーア」

「はい」

返事をするだけのメイドだったが、王女様の問いかけに、小さく笑顔を返した。

「ユリエラは、ベアトリーチェ様とは主従の関係なれど、幼《おさな》い頃からともに過ごしてきた仲なのです」

側近がこっそりと教えてくれた。

それから、当日の打ち合わせをしばらく行った。

地図を見ながら、魔王軍の支配地域を迂回《うかい》するような形でルートを決めていった。

やっぱり一日半もかからないな。

「では、ステルダム殿。どうかよろしくお願いいたします」

「はい。また当日こちらまで伺います」

側近とその部下たちが会議室を出ていく。

それを見送るように、ユリエラことユーアが廊下まで出ていき、そして戻ってきた。

「荷物、減らしてくださいね」

そう言って俺が出ようとすると、ユーアに袖《そで》を摑《つか》まれた。

「ジェイ様、お願いしたいことがあります」

「？」

不思議に思いつつ俺はまた中に戻る。

三人だけとなった会議室で、王女様が大きなため息をついた。

「肩凝《こ》る～。あのしゃべり方もこの服も、もうほんと疲れるのよね……」

「リーチェ、肩を揉《も》みましょうか」

「よろしく〜」

王女様が砕《くだ》けた態度になると、メイドのユーアも愛称で王女様を呼んだ。

「ごめんね、ジェイ様。こっちのほうが素《す》なのよ。あたし」

「いえ。そのほうがこっちとしても接しやすくて助かります」

「わかってるじゃーん」

王女らしからぬ気安いノリだった。

どこで覚えたんだろう。

ユーアは肩を揉んだあと、王女様のふくらはぎを揉みはじめた。

「それで、お願いっていうのは？」

王女様とユーアは何か目で会話をしている。

「お願いというのは——」


マッサージを中断したユーアが、そのお願いとやらを口にした。

驚きとともに、頭の中でその頼み事が実現可能かどうか想像してみる。

「そういうことなら……できる、できないで言うと、できる」

だが……いいのか、そんなことをしてしまって。

「いいの、いいの、絶対わかんないから」

いたずらっぽくリーチェは笑った。

荷物の詳細を聞くようにしていたが、これに関しては知らないでおきたかったっていうのが本音だ。

それでピンときた。

「じゃあ、荷物は」

「むふっ」

意味深な愛嬌《あいきょう》のある笑顔をする王女様。

なるほどな。確信犯だったわけか。

「ジェイ様……わたしたちは、報酬を支払わなくてはならないのですよね？　いくらほどに……」

「大した支払いができないから、一回くらいならエッチなことをしていいわよ？」

「リーチェっ」

ぺしぺし、とユーアが王女様を叩《たた》く。それを王女様はけらけらと笑っている。

「あたしが嫌なら、ユーアでも」

「リーチェっ！」

顔を赤くしたユーアが王女様をまた叩いた。

「小娘相手に手なんて出さねえよ」

「どんな男かと思ったけれど、合格だと思ったから許可を出したのよ？」

「そりゃどうも。今度酒場で自慢させてもらうよ。……でも、あんまり男をからかうなよ？」

ぺし、とデコピンをした。

「いた!?　王女のあたしになんてことを。反逆罪よ！」

「さっきのお願い、全部バラしちまうぞ」

反逆罪がどうこうというのは冗談だったらしく、くすくすと王女様は笑った。

「嘘《うそ》、嘘。冗談だから気にしないで。ふふ、面白《おもしろ》い人。……ね、ユーア」

こくこく、とユーアは無言でうなずいている。

以心伝心《いしんでんしん》といった様子の二人は、側近が言ったようにかなり仲が良いらしい。

フェリクとアイシェを見ているようで、思わず和《なご》んでしまう。

俺は二人に言った。

「報酬はこっちで考えておくよ。二人が払えそうな範囲にしておくから、心配すんな。ゲスな要求もしない。約束する」

じゃあな、と俺は会議室をあとにした。

王家からの依頼は、滞《とどこお》りなく完了するだろう。

だが、もう一つの依頼は……。

〈第11章〉 王家の荷物はしがらみだらけ

輜重車《しちょうしゃ》三台がロープで繋《つな》がれ、その一台一台に山のような荷物が積んであった。

荷物が崩《くず》れないようにロープで固定されている。

王都の城外に兵士五〇人ほどが引っ張ってくるのを俺は眺《なが》めていた。

王女様……リーチェはもう王様との別れは済ませたらしく、すっきりとした顔で荷物がここまで来るのを見守っている。

「減らせって言っただろ……言ったでしょう？」

人目があることを思い出し、俺は丁寧《ていねい》な言葉に言い直した。

「これでも減らしたのです。どうしてそのような意地悪を仰《おっしゃ》るのですか？」

リーチェの素《す》の表情を知っているから、王女様モードだとちょっと笑いそうになってしまう。

「申し訳ありません、ステルダム殿……。ベアトリーチェ様がもうこれ以上減らせないと仰《おお》せでして……」

責任者である側近《そっきん》は、困り顔で俺に平謝りした。

「いえいえ。予想より多いですが、たぶん大丈夫だと思います」

「本当に大丈夫なの？」

素の口調で俺に尋《たず》ねてくるリーチェ。

「心配なら一台分くらい減らしてくれるか？」

小声でそう言うと、ぷるぷると首を振った。

この王女様はいい性格してるな。

彼女と一緒に運ぶ鞄《かばん》は、ユーアが持っていた。

一抱えほどの大きさだった。

……ということは、あれがユーアの――。

「本当にいいんだな」

最後の最後に俺が確認すると、リーチェとユーアの二人は同時にうなずいた。

……覚悟は決まってるってわけか。

「召喚《サモン》」

俺は魔力を使い、キュックとビンとその仲間とロックを呼び出す。

「きゅ！」

「るぉ」

「うぉっしゃぁぁぁあッッッ！　やるぞ、オラァァァァアッッッ！」

様子を見ていた兵士や側近たちからどよめきが上がった。

「これがあのドラゴン……！」

「オーガもいるぞ！」

「あれは賞金首だった黒狼《こくろう》じゃ……？」

「手下も一緒に出てきたぞ!?」

様々な声が上がる中、ビンが荷物を叩《たた》いた。

「あー、これが話してた荷物か。――お頭《かしら》、これを運べばいいんですかい？」

「ああ。ロックと手下たちで頼む」

「うーす！」

「るぉお」

ロックの腰には、戦斧《せんぷ》とそれを差すための革《かわ》製のホルスターがつけられていた。

ホルスターはビンが発案して手下たちと一緒に作ったという。

ビンが慕《した》われる理由がちょっとわかった気がする。

「ロック、曳《ひ》いてみてくれるか」

「るぉ」

輜重車に繋がっているロープを掴《つか》むと、ロックは歩きはじめた。

軽々といった様子で、ロックは重さを感じていないようだった。

「よし。大丈夫そうだな。ビン！　ケラノヴァ神国に入るときは、これを」

俺は側近から預かった入国用の証書を渡す。

中の書面には王家の紋章印《もんしょういん》が捺《お》されている。

「そっちは頼んだぞ」

「了解です！　ロックと手下どもがいりゃ、余裕でさぁ！」

さっき側近から、「安すぎて申し訳ないから」と一〇〇万リンが追加で手渡された。

もらいすぎてこっちが申し訳ない気分になるが「あの額では、安すぎて無礼なのでは？」という気になったらしい。

無事に仕事が終わったら、これはビンたちのために使ってやろう。

山盛りの荷物が載《の》った輜重車三台の周りをビンとその手下たちが囲み、ケラノヴァ神国へと出発した。

「では、俺たちも行きます」

「ベアトリーチェ様とユリエラをよろしくお願いいたします」

「はい」

何も言わずとも、キュックがこちらへやってきて、乗りやすいように地に伏せた。

「や、やばいわ。テンション上がる……！」

「リーチェ、素に戻っている」

「だ、だって。ドラゴンよ、ドラゴン」

「いいから早く乗れ」

興奮《こうふん》気味のリーチェを促《うなが》し、キュックに乗ってもらう。次にユーアが鞄を持ったまま遠慮がちに乗った。最後尾に俺が乗ると、キュックが翼を羽ばたかせる。

側近と兵士たちは、巻き起こった風を遮《さえぎ》るため手や腕で顔のあたりを覆《おお》った。

空へ舞い上がると、リーチェは地上にいる見送りの人たちへ手を振っていた。

「上手《うま》くいくのか？」

二人からの依頼を聞いて、俺はもう何度目かわからない質問を投げかける。

「上手くいくわよ。あたしとユーアはウリ二つなんだから」

「はい。ご心配には及びません」

「たしかに、背丈《せたけ》も体格も顔つきも似ているが」

……入れ替わるなんてバレないのか？

「遊びで二週間ほど入れ替わってみたことがあったのよ」

「二週間？　二週間も？」

「あたしと常《つね》に一緒のユーアは、完璧《かんぺき》にあたしになってみせたのよ。髪型はウィッグで変装したけれど、お父様にだってバレなかったんだから」

すごくない？　とイタズラを大成功させたリーチェは、愉快《ゆかい》そうに振り返った。

……あの日、この二人から受けた依頼は、ベアトリーチェ王女殿下に扮《ふん》したメイドのユリエラをケラノヴァ神国に送り、本物は指定するとある一軒家のところまで送り届けてほしい、というものだった。

成功すれば、ユーアは王女としてケラノヴァ神国の王子のもとへ嫁《とつ》ぎ、リーチェは誰も知らない田舎《いなか》でひっそりと暮らすことになる。

リーチェは王女としてではなく、普通の女の子として生活したいと言った。

ユーアは、王族の暮らしに密《ひそ》かに憧《あこが》れており夫となる王子も素敵《すてき》な人だと好印象を持っていた。

お互いが得をする入れ替わりだと語った。

もしバレたら、俺も責任が問われる。

偽者《にせもの》と荷物だけを届けて、一番大事な王女様を別の場所へ降ろしたってことになるからな。

「王様は、リーチェは王子のことを想っているって言ってたぞ」

「シゼル王子と顔を合わせたのはまだ二回だけで、本当は好きでもなんでもないのよね」

と、リーチェは言う。

婚姻《こんいん》が決まってから、入れ替わりを思いついたリーチェは、即バレ覚悟でユーアと試しに入れ替わったら上手くいった。……上手くいってしまった。

「だぁ～れも気づかなかったわ」

大成功したイタズラは、退屈な日々に刺激をもたらした反面、寂《さび》しくもあったという。

「誰も、あたしのことなんて、気にかけてないのよ。お父様も、みんな……」

「皆様を騙《だま》せたから計画したわけではないのです」

ユーアが補足した。

「最初は、きちんとリーチェは嫁ごうとしていました。ですが、それが上手くいかず……そんなときに、凄腕《すごうで》の運び屋がいるので彼に依頼するという話を耳にしたのです」

「ユーアに噂《うわさ》が本当なのかきちんと調べてもらったわ。ね？」

話を振られると、ユーアはこくこく、と無言でうなずく。

「そしたら、ユーアったら、ジェイのこと好きに、」

「っ――――！」

シュバッとユーアがリーチェの口を手で覆った。ちらっと気づかわしげにユーアがこっちを盗み見ると、目元から耳にかけて真っ赤になっていた。

リーチェがユーアの手をどかした。

「んんんっしょっと。口が滑ったわ。まあともかく、ビビビっときたのよ。これはもう運命よってね」

そこからあとは俺が知っている通りのようだ。

「なるほどな。何かの巡《めぐ》り合わせみたいなものを感じたわけか。ちなみに、俺が王様たちにバラしたらどうする気だったんだ？」

「信用があるから王家に依頼されているんでしょ？」

俺の口が堅いってことも見越していたらしい。

「それに、あなたが告げ口をして、誰が信じるの？　そんな突拍子《とっぴょうし》もない入れ替わり作戦なんて」

イタズラを成功させた実績を知ってなけりゃ、不可能に思われる作戦だ。

実の娘が、王女をやめたがっているとは思わないだろうしな。

「それもそうか」

「バレなければ、あたしたちもお父様も、あなたも幸せなのよ」

まったく、とんでもない王女様だ。

あたしたちもって言うが、ユーアはいいんだろうか。

リーチェとは親友のような距離感だが、人生がガラっと変わることを意味する。

「わたしは、元々王家の人たちの暮らしに憧れていたので。豪華《ごうか》な暮らしに豪勢な食べ物。朝は誰かに起こしてもらい、お腹《なか》が空《す》けば誰かが食事を運んできてくれる。お花に囲まれた中庭の東屋《あずまや》でアフターヌーンティーと本を嗜《たしな》んで、夜になればふかふかのベッドで眠る――働かなくてもそんなことが許される王族になりたかったんです」

二人が納得しているのならいいが。

魔王軍を避けるために迂回路《うかいろ》を通っているため、一度キュックを休ませる必要があった。

突然敵に襲《おそ》われて、逃げきれません、じゃ話にならないので、俺はあらかじめ側近たちとの打ち合わせで休む場所を決めていた。

冒険者のときに何度か使ったことのあるセーフハウスを指定すると、水や食料を運んでおくと言ってくれたのだ。

そのセーフハウスがある森に差しかかると、徐々《じょじょ》にキュックの高度を落としていき、古ぼけた一軒家を見つけてそのそばに着陸してもらった。

「予定通り休憩《きゅうけい》ね。疲れた～」

樵《きこり》たちが使っている粗末な小屋だったが、リーチェもユーアも文句は言わなかった。

側近が手配してくれたらしい水と食料も置いてある。

幸い誰も手をつけた様子はない。

埃《ほこり》っぽいベッドにリーチェとユーアが腰かける。

「お水飲む？」

「ええ。ちょうだい」

ユーアが水の入った革袋を手に取り、リーチェに渡す。

「乗っているだけとはいえ、体が痛くなるのは馬車と同じなのね」

やれやれと言いたげに革袋の口を開けた。

俺も同じものをひとつ取って口をつけようとする。

「ん？」

何かおかしい。

におい……？

冒険者時代の勘《かん》みたいなものだった。

不審《ふしん》に思った俺は、届けられた物資の周囲を確認する。

すると、革袋を嚙《か》んで水を飲んでいたらしいネズミの死体があった。

「リーチェ、待て」

「んー？」

彼女が今まさに飲もうとしていた革袋を俺は手で弾《はじ》き飛ばした。

「きゃ!?　ちょっとー！　何すんのよ！」

「ジェイ様、どうしたのですか」

「その水……いや、たぶん食料もだろう。毒が仕込まれている可能性がある」

二人は不安げに表情を曇《くも》らせ顔を見合わせる。

俺はネズミの死体を指さした。

「……喉《のど》を潤《うるお》そうとしたら、こいつはこうなったらしい」

「最悪。反対派の仕業《しわざ》ね」

「婚姻は、みんなに望まれているわけじゃないのか」

「望んでいる派閥《はばつ》と、そんなの許さんって派閥があるのよ。反対派の中でも過激な連中がいて」

「そいつらの仕業ってことか」

グランイルド王国は一枚岩じゃないらしい。

「ジェイ様、助かりました。止めてくださらなかったら、わたしはリーチェに毒を飲ませたことに」

「間一髪《かんいっぱつ》だったな」

「ありがとうございます……！」

「勘が働いたってだけだから。気にすんな」

とんとん、と労《ねぎら》うように俺はユーアの肩を叩く。

「あ、はい……」

ユーアがはにかむように目を伏せてうなずいた。

「ユーアは、めちゃめちゃにされるほうが燃えるらしいわよ？」

「〜〜〜〜ッ、違う……っ！」

強く否定したユーアは、ニヤニヤしているリーチェをいつもより強めに叩いた。

仲良いんだな、本当に。

その過激派とやらは、俺たちがここで休憩するってことを知っているはずだ。

……たぶんあの側近の部下の誰かが、情報を漏《も》らしたんだろう。

「セーフハウスはアウトって可能性がある」

「ジェイ、どうしたの」

「どうしたのですか？」

「ここにいるのはマズい。出よう」

毒を仕込むだけで終わるはずがない。

それを確認するはず。

「きゅぉぉ！」

外でキュックが声を上げた。

のんびりとした鳴き声ではなく、どこか切迫したような鳴き声だった。

「外を確認する。二人は俺がいいと言うまで出るなよ」

怯《おび》えたような表情をするリーチェと、怯えを健気《けなげ》に隠そうとしているユーアがうなずいた。

俺は、扉の隙間《すきま》を少し開けて外を窺《うかが》う。

ゆっくり開けて外に出ると、キュックが一方に向かって吠《ほ》えていた。

囲まれているな。六人くらいか。

「高額報酬《ほうしゅう》の荷物ってやつは、どうしてこんな面倒《めんどう》なことになるんだろうな。な、キュック」

「きゅぉ！」

木陰《こかげ》から矢が飛んでくると、俺は剣で叩き切った。

別の矢がキュックに当たったが、鱗《うろこ》に弾かれて落ちた。キュックはまるで意に介《かい》さずという感じで、当たったことにも気づいてなさそうだった。

「王女ベアトリーチェを渡せ」

敵の声が聞こえたのはいいが、音が木々に反響するせいかどこから話しているのかわからない。

「断る！　送り届けなくちゃいけない人なんだ。こっちも仕事なんでね」

ざざ、と足音がすると、思った通りセーフハウスを囲んでいた六人が姿を現す。

数人が矢をつがえて、別の数人は魔法を放とうとしていた。

俺は地を蹴《け》り魔法を放とうとしている敵のもとへ駆け寄った。

「簡単に撃てると思うなよ」

剣の柄《つか》で鳩尾《みぞおち》を強打する。どすん、と重い音を立てて、くの字になった敵をそばにいた一人へとぶん投げる。

「うごぉあ!?」

矢を放とうとしている敵には、キュックが突進していった。

「矢が――弾かれた!?」

キュックが尻尾《しっぽ》を振り回すと、直撃を受けた敵が木に叩きつけられた。

魔法を諦《あきら》めた敵が、剣を抜いて気合いと共に俺へ突っ込んできた。

「こんな遠くまでご苦労様」

遅すぎる。

足さばきも剣の扱いも雑だし、戦闘力はビンの手下レベルだ。

「ぬかせッ！」

どういう意味だそれ。

斬《き》りかかってきた敵の剣を弾き飛ばすと、ちょうど真上の枝に突き刺さった。

「た、ただの運び屋、じゃ、ないのか……!?」

腰を抜かした敵がずりずり、と後ずさっていく。

キュックのほうは、残った敵を尻尾で吹き飛ばし、もう一人は足で踏みつけている。

俺とキュックは、圧倒的な戦力差を見せつけてしまったらしい。

「残念だったな。冒険者としてはSランクなんだ」

「Sランク……敵《かな》うはずがない……」

完全に心が折れたらしい男は、もう抵抗する様子を見せなかった。

◆ユリエラ・フロウズ◆

ユリエラと彼女の主《あるじ》であるベアトリーチェは、扉の隙間から運び屋の戦いをこっそりと覗《のぞ》いていた。

「や、やっつけたわ……！　六人もいたのに」

「ジェイ様……すごいです」

半分はキュックと呼ばれるドラゴンが倒したが、それでも彼の鮮やかな身のこなし、剣捌《さば》きはユリエラの目に焼きついていた。

毒のこともそうだ。

自分は何の警戒心《けいかいしん》も抱かず、ベアトリーチェに毒入りの飲み物を渡してしまった。

すぐにそれに気づいてくれたジェイには、感謝してもしきれない。

「お嬢さん方、覗きはいい趣味とは言えないな」

「ひゃ」

「きゃ」

いつの間にかこっちを見ていたジェイに、二人はそろって扉から離れた。

ジェイが中に戻ってくると、ベアトリーチェが咳払《せきばら》いをした。

「どうなっているのか気になったの。いいじゃない、カッコいいところをユーアに見せられたんだから」

「カッコいいところって……」

ジェイは困ったように笑う。

目尻《めじり》が下がり、目元に笑い皺《じわ》ができる。

「……」

ぼんやりとその顔に見惚《みと》れていると、ニマニマしながらベアトリーチェが肘《ひじ》で突《つつ》いてくる。

「二人きりにしてあげるけど？」

「い、いいっ、いいからっ、そういうのっ」

抗議としてベアトリーチェをペシペシと叩くユリエラ。

胸の中から熱っぽい何かが顔まで上がってくる。

「変なこと、言わないでっ」

「そお？」

ベアトリーチェはいたずらっぽくこちらを覗いてくる。

こんなふうに会話ができるのも、もうこれが最後。

それを思い出すと胸が締めつけられる。

ベアトリーチェとは、物心ついたときからそばにいて、お世話をしてきた。

厳しいことを言われた経験はなく、むしろユリエラが叱《しか》られたときは、「そんな言い方しなくってもよくなーい？」とフォローしてくれた。

ベアトリーチェは、ハマった小説を貸してくれる。そのあと、決まってどの人物が好きか尋ねてきた。二人は誰もいない私室でそんな他愛《たあい》もない話をよくした。

「そっちの予定だとここで入れ替わる。俺はそんなことは知らない。ってことにする。

……それで、本当にいいんだな？」

ジェイが最後の確認をしてくる。

「ユーア、あなたは本当にいい？」

「もちろん」

ユリエラはにっこりと笑顔を返した。

「でも、リーチェと離れるのは、とても寂しい」

「あたしもよ」

ベアトリーチェは泣きそうになっていた。自分も似たような顔をしているだろう。

そっと二人で抱き合い、背中をさすった。

「ユーア、あなたのおかげで、あたしは普通の少女になれる」

「ううん。リーチェのおかげでわたしはすごい豪勢な生活が送れる」

「リーチェは、家にあてがあるんだったな？」

「そう。そこに荷物を運べばいいいわ」

「で、そこに荷物を運べばいいんだな」

ジェイが仕事の段取りを確認する。

「そして、ユーア……今後はベアトリーチェ王女殿下《でんか》か——彼女を、ケラノヴァ神国へ届ける、と……」

よしよし、と何度かうなずくジェイは、気を遣《つか》ってか小屋をあとにした。

「着替えるのなら早くしてくれ」

「わかったわ」

ユーアは、ベアトリーチェと服を交換し用意していたウィッグをつける。手荷物の鞄には、ユーアの荷物だけが入っていた。

それから、三人はまたキュックの背に乗り移動を開始する。

ベアトリーチェがジェイに指示しながら、新生活をはじめる湖畔《こはん》の一戸建てを探す。

二〇分ほどでそれは見つかった。

キュックがゆっくりと着陸すると、家に誰もいないことを確認したジェイが戻ってくる。

「人の気配も、誰かが勝手に使っていた気配もない」

「ありがと」

キュックが湖の水をガブ飲みしているので、ぱちゃぱちゃという音が聞こえてくる。

手ぶらのベアトリーチェは扉の前でこちらを振り返った。

「手紙、絶対に書くから、返事書きなさいよ？　ベアトリーチェ殿下ちゃん」

「うん。絶対書く」

「王家の愚痴《ぐち》はたくさん聞いてあげるから。がんばってね……」

「うん……っ」

目にいっぱいの涙を溜《た》めたベアトリーチェが、ユリエラのもとへ駆け寄ってくる。

ユリエラもベアトリーチェのもとへ向かい、また二人は抱きしめ合った。

「ありがとう。あなたがいてくれたおかげで、あたしは」

「今まで楽しかったよ、リーチェ。わたしもありがとう！」

自分と同じ髪の色をした髪の毛をユリエラは撫《な》でる。

「リーチェ、気をつけてね。一人で暮らすなんて、心配で……」

「大丈夫よ。お料理もお洗濯も、あなたが教えてくれたじゃない」

「そうだけど」

王城でベアトリーチェに家事をこっそり教えたことを思い出し、また少し泣けてきた。

「魔法もちょっとだけど使えるし、ユーアよりあたしのほうが全然大丈夫だと思うわ」

「……そうかもね」

本音の端が少しだけ漏れてしまった。

「ビン……召喚獣のおっさんとオーガに位置の詳細《しょうさい》を伝えた。元々ここらへんを目指しているから、荷物は一日ほどで届くはずだ」

「ありがとう、ジェイ。あなたでなければ、こんなこと、頼まなかった」

「変なことしてバラすなよ？」

「バレようがないわ」

周囲を見回したジェイは「そうかもな」と肩をすくめた。

休憩《きゅうけい》が終わったキュックに、ジェイとユリエラは乗り込む。

ベアトリーチェは、別れの挨拶《あいさつ》を大声で言ったあとも、ずっと地上から手を振ってくれた。

「ぐす……」

移動を再開すると、メソメソするユリエラを見かねて、後ろに座っているジェイが頭を撫でた。

「依頼してくれよ。手紙でなくても、運ぶから」

「……はい」

そうだった。

竜騎士と呼ばれる彼は、最強の運び屋。

竜に乗り、あり得ない速度で空を翔《か》ける。

離れた場所に住む人間くらい、あっという間に連れてきてしまうだろう。

「頑張れよ。ベアトリーチェ王女殿下」

「あの子のためだから、頑張ります」

そう言ったユリエラは涙のあとを拭《ぬぐ》った。

〈第12章〉『ベアトリーチェ』の待遇

　ケラノヴァ神国の王都が見えてきた。

　俺の印象では雪深い北国というイメージだったが、今は春らしく解け残った雪がちらほらと山を飾る程度だった。

　今さらだが、お供《とも》は俺だけでよかったんだろうか。

　王家の花嫁がやってくるというのに、運び屋とドラゴン一体だけでは、変に思われないだろうか。

「ユーア、そろそろだ」

「はい」

　少し前までメソメソしていたユーアは、キリリとした表情を作った。

　王城が見えてくると、城門が見える位置に着陸する。

「ユーアはそのままいてくれ」

「？　降りなくてもいいんですか？」

「ちょっとくらいカッコつけたほうがいいだろ」

不思議そうな顔をするユーアに、俺はそれ以上説明はせず、彼女を乗せたままキュックを城門へ連れていく。

「グランイルド王国より参りました。こちらは貴国のシゼル王子殿下《でんか》と婚姻《こんいん》するためやってきたベアトリーチェ王女殿下にございます」

城門前にいた見張りの兵士が、慌《あわ》てたように声を上げた。

「は、黒竜《こくりゅう》！」

「グランイルドの花嫁が、黒竜に乗ってお越しに……！」

きゅう？　とキュックが首をかしげている。

ユーアも怪訝《けげん》そうに瞬《まばた》きを繰り返していた。

「ケラノヴァ神国は、竜を信仰していて縁起《えんぎ》のいい存在とされているんだ」

「そうだったのですか」

猫を被《かぶ》っているときのベアトリーチェと同じ口調になるユーア。

どたばた、と城門の内側が慌ただしくなったかと思うと、門が開いた。

「ベアトリーチェ王女殿下、よくぞお越しくださいました……！」

大臣らしき中年の男が頭を小さく下げて歓迎してくれた。

柔和《にゅうわ》な笑みをたたえたユーアは、王族スマイルのままゆっくりとうなずいている。

に入った。

運び屋ではあるが、ここでは竜使いということにして、俺はキュックのそばに寄り添って中
「行こう」

城の大きな扉の前では、何人もの使用人が列をなしている。

黒い竜に乗ってやってくる王女を見て、例外なく歓声《かんせい》に近い声を上げていた。

「グランイルドの王女はあの竜を使役《しえき》しているのか！」

「たった数人で来ると聞いたときは、遠方だからあちらの王家も大変だなと思ったが……」

「王家の名誉を汚すことも貶《おとし》めることもなく、気品すら漂って見える……！」

よかった。

キュックに乗せてゆっくり歩かせたかいがある。

王城に繋《つな》がる扉の前に、一人の青年がいた。

「ベアト！　遠路はるばるよく来てくれたな！」

銀髪碧眼《へきがん》で整った顔の王子は、両手を広げて声を上げた。

「シゼル殿下。お久しぶりにございます」

ユーアは、王族の暮らしに憧《あこが》れていたと言っていた。

この王子のことも、見かけたときの印象が良かったんだろう。

ユーアが幸せな生活を送れることを祈るばかりだ。

ゆっくりと止まったキュックが、王子の前で降りやすいように伏せをする。

ユーアが降りると、シゼルのほうへ優雅《ゆうが》に歩きはじめた。

ユーアの所作《しょさ》は、本物の王族のそれだった。

長年ずっとそばでリーチェを見続けた賜物《たまもの》だろう。

二週間入れ替わってもバレなかったというのもうなずける。

「付き人よ。ベアトの荷物はそこらへんの者に預けるがよい」

王子が顎《あご》で使用人の誰かを指した。

「いえ。お部屋まで運ばせていただきます」

「フン。好きにするがいい」

私の好意を踏み躙《にじ》りおって……とでも言いたげな流し目をすると、王子は城内へと歩きはじめた。

「部屋まで私が案内しよう」

「よろしくお願いいたします」

王子が手を差し出すと、ユーアが手を取ることに躊躇《ちゅうちょ》を見せた。

「……ベアト、手を」

勘《かん》の悪い、とでも続けたそうな王子は口調《くちょう》を苛立《いらだ》たせていた。

言葉遣《づか》いや仕草《しぐさ》は王族だが、政略結婚で嫁いできた王女への扱いは雑だった。

「では、失礼して」

俺は王子が差し出している手に、鞄《かばん》の持ち手を預けた。

「うぉ、重たっ⁉　な、何の真似《まね》だ⁉」

思わず鞄を落とした王子は、眉間《みけん》に皺《しわ》を作って俺を睨《にら》んだ。

「荷物を持っていただけるのかと」

「違うわッ！」

くすっとユーアが笑った。

「では、お部屋まで荷物をお願いします」

「話を聞けいッ、付き人風情《ふぜい》が！」

俺は部屋まで行って、報酬《ほうしゅう》をどうするのか相談させてもらうつもりだった。

どちらかと言えば、リーチェのほうに請求したほうがいいのだろうが、まずユーアがどういうつもりなのか聞いておきたかった。

「礼節のなっておらぬ下民めが。まったく」

吐き捨てるように王子は言うと、乱れた襟《えり》を正した。

階段を降りていき、徐々《じょじょ》に薄ら寒そうな内装に変わっていく。

……どこに行くつもりだ？

「ここだ。ベアト、君の部屋は」

王子が扉を開けるとギイ、と軋《きし》んだ音を立てた。

中は、賓客《ひんきゃく》……花嫁を生活させるとは到底《とうてい》思えないほど質素な部屋だった。

「シゼル殿下、これは一体どういう……」

俺が堪《たま》らず尋《たず》ねると、片眉《かたまゆ》を上げて王子は説明した。

「婚姻して妻になるとはいえ、ベアトは実質人質のようなものである。使用人と同じというだけでも感謝してもらいたいくらいだ」

人質……？

「地理上、我らケラノヴァ神国は、グランイルド王国の北辺の守備を預かることになる。情勢を鑑《かんが》みれば、姫の一人や二人、嫁がせて我が国の機嫌を伺《うかが》うのは道理であろう」

知ってたのか。

俺は目線を送ると、何が言いたいのか伝わったらしく、ユーアは小さくうなずいた。

「……」

『リーチェのために頑張る』

あの言葉は、そういうことだったのか。

これは、入れ替わりなんかじゃない。

身代わりだ。

「何だよ、それ」

王家の生活に憧れていたっていうのは方便だったのか。

リーチェがこの実情を知っていたとは思えない。

あんなに別れを惜《お》しんでいたくらい仲のいいユーアが、こんな扱いをされると知っていたら、入れ替わりなんて思いついても実行しなかっただろう。

「ジェイ。よいのです、これで。荷物をお部屋へ運んでください」

最後にリーチェを見送りにきたのが、側近《そっきん》とあと何人かくらいだった時点で、何か勘《かん》づくべきだった。

王様は、形だけの婚姻と知っていたから、見送りにも現れなかったんだろう。

「せめて客室へ変更していただけないでしょうか?」

「はぁ?　人質風情に、客室など貸すわけがなかろう。地下牢《ろう》でないだけ感謝せよ」

ユーアが王子にわからないように俺の裾《すそ》を引っ張った。

やめろって言いたいんだろうけどな——。

「人質は奴隷《どれい》ではありません」

「そんなことはわかっておるわ!」

「ましてや、他国の王族であれば、相応の暮らしをさせるのが礼節かと存じます」

「クッ、小癪《こしゃく》なことを……！」

「姫を預かるのであれば当然のことでしょう。このような扱いをしていては、ケラノヴァ神国の風聞《ふうぶん》にかかわります」

「や、やかましいな付き人ォ！　そなたの意見などどうでもよい！」

「あなたが大好きな『礼節』を弁《わきま》えない国だと諸国から思われるのでは？」

「ッ〜〜！　叩《たた》き斬《き》るぞ、貴様……！」

ぐいぐい、とユーアがまた裾を引っ張るが俺は無視した。

「このベアトリーチェ様は、黒竜に乗ってここまでお越しになったのです」

王子が目を丸くした。

「りゅう？　こくりゅう？　どらごん？」

「ああ、やはり見ておられなかったのですか。ベアトリーチェ様は、精鋭《せいえい》の騎兵でも一週間はかかる道のりを、黒い竜に乗り、たった一日程度でここまで来られたのです」

「……ぬう」

王子が変な唸《うな》り声を上げた。

思った以上に、ハッタリの効果があったらしい。

「竜と親しむことのできる他国の姫を、実質人質とはいえ使用人と同じ部屋へ押し込める……これを民衆が知ったら王家の威光《いこう》はどうなるでしょう」

「ぐう……」

小難しい顔をする王子は、口を歪《ゆが》めたり鼻に皺を寄せたり、百面相をする。

「よ、よいだろう。そこまで言うのなら……そなたがそこまで言うのなら、黒竜に免じて客室を私室として使えるよう手配させる。待っていろ！」

そう言い切った王子は踵《きびす》を返して去っていった。

案外乗せられやすく、話のわかる王子だった。

ケラノヴァ神国を発《た》った俺は、キュックの背中でぼんやりと考えていた。

あのあと、シゼル王子はリーチェになりすましたユーアを貴賓《きひん》室へ案内してくれた。

『人質とはいえ、他国の姫をあのようなところへ押し込めていると知られれば、我が国の沽券《こけん》にかかわるのでな！』

とかなんとかドヤ顔で言っていたが、俺が言ったことを少し変えているだけだった。

それに関してはよかったが、問題はユーアのほうだ。

人質扱いであることは、リーチェには言うな、と釘《くぎ》を刺されたのだ。

『ジェイ様。報酬《ほうしゅう》はわたしができることなら何でもいたします。リーチェにはこの件はどうかご内密に……』

王家の生活に憧《あこが》れていたというのは方便だった。

リーチェを好きでもない王子と結婚させまいとする、ユーアの献身《けんしん》ゆえの発言だった。

リーチェを降ろした湖畔《こはん》の一軒家が見えてきた。

そこから少し離れたところに、荷物を曳《ひ》くオーガがいた。

遠くからでもロックは見つけやすくていいな。

あれならじきに荷物は届くだろう。

「少し休憩《きゅうけい》させてもらおう」

「きゅ」

俺がそう指示すると、キュックはゆっくりと旋回してリーチェの家の前に着陸した。

「あ。もうユーアを届けてきたの？」

外から俺たちが来るのが見えたのか、リーチェが窓から顔を出した。

「ああ。…………大したトラブルもなさそうだし、ユーアが望んでいた王族の暮らしってやつができると思う」

本当のことを言うべきか迷って、一旦《いったん》それを飲み込んだ。

「よかった。うち、上がってよ。荷物が届くまで何もないけど」

「そうさせてもらうよ」

キュックをそのままにして、俺はリーチェの家に入った。

「あと少しで荷物が届く」

「順調ね。報酬だけど、荷物の中に宝石があるの。どれでも好きなものを持っていってちょうだい」

「いいのか？　王女サマが持っている物ならかなり高価なんじゃ」

「いいのよ、全然。持っていてもしょうがない物だし、着飾る必要もなくなるだろうし」

「それじゃあ、届いたら選ばせてもらうよ」

そうして、とリーチェは言ってソファに腰かける。

二階建ての一戸建ては、元王女様にしてみれば狭い家なのかもしれないが、一人で暮らすとなると持て余しそうだ。

「こういう……その、静かな生活に憧れていたのか？」

「うん。行く先々で護衛《ごえい》がたくさんついて、メイドもたくさんいて、王女としての公務がたくさんあって、あれはあれで忙しいのよね～」

暇《ひま》だとは思っていないが、王女は王女なりの苦労があるってところか。

「それに嫌気が差したと」

「うん。ユーアにも語ったことがあるの。王女でもなんでもなく、静かなところで暮らしたいって」

それを知ったユーアが、自分の『憧れ』を口にするようになったってところか。

本音の部分を知らなければ、お互いWIN‐WINの関係だと思えるが……。

「あっちの王家の暮らしっていうのは、どういう生活なんだろうな」

リーチェの反応を窺《うかが》うために遠回しに投げかけてみると、一瞬考えるような間《ま》があった。

「他国からやってきた花嫁よ。きっと大切にされる」

ユーアが、今からどんな目に遭《あ》うのか――。

予想すれば簡単なその展開に、俺は約束を破った。

「両国の関係を強めるための婚姻《こんいん》なんだろ」

無表情のリーチェは、ちらりとこちらを見る。

「リーチェが言っていただろ。別に好きでもないって。これはいわゆる政略結婚で、花嫁は、国防上の便宜《べんぎ》を図るための、ご機嫌伺《うかが》いの品ってわけだ」

「……」

リーチェは口をへの字にしたまま何も言わない。

「だからユーアが受ける扱いっていうのは、ほぼ人質と同じで――」


「そんなのわかってた！」


胸の奥に留めていたものが吹き出したかのように、リーチェは声を張り上げた。

「わかってた……？」

「そう。ユーアは、あたしのために王女になった……。ユーアが、王家の暮らしに憧れているなんて言っていたのは、嘘《うそ》よ。あたしが毎日毎日、ぐちぐちぐちぐち文句を言っていたのを、そばで聞いていたユーアが、それに憧れるとは到底《とうてい》思えない」

「気づいてたんならどうして」

「あたしに仕《つか》えてきた、プライドのようなもの、って言えばわかる？」

「プライド」

「あたしたちは、姉妹みたいに仲が良かった。だからあたしを苦難から遠ざけようっていう使命感があった。あたしと違って大真面目《まじめ》だから、ユーアは」

仕える主人であり親友のリーチェを助けたいと思う献身《けんしん》性と忠誠心ってところか。

メイドとしてのプロ根性とも言えるだろう。

リーチェは、事の起こりを最初から順序だてて説明してくれた。

「王家の生活に嫌気が差していて、いつも愚痴《ぐち》をユーアに聞かせていたときに、婚姻の話が持ち上がったの」

静かな場所で王女でもなんでもないベアトリーチェとして暮らしたい、という願望を知っていたユーアは、リーチェから半《なか》ば冗談で言った入れ替わりの提案を止めることなく、むしろ進んで実行しようと動いたという。

そして、試しに入れ替わって生活をしてみれば誰にもバレない。ユーアはますます入れ替わりに本腰となった。

こういう場所で静かに暮らすことに憧れていたのは事実だったので、作戦を推《お》し進めるユーアを止めなかった。憧れは憧れでしかなく、夢は夢でしかない。作戦はどこかでつまずき白紙に戻るだろう、と思っていたらしい。

「この家は、こっそりユーアがあたしの名前を使って手配してくれたの。二人で生活できたら楽しそうねって。そんな妄想《もうそう》を話していて……」

ユーアの本気度や自分の願いを叶《かな》えてあげたいという気持ちを汲《く》んで、実質人質扱いで自由なんて何もないことを知りながら、リーチェは入れ替わることにしたという。

いつの間にか、リーチェは声を震わせていた。

ぐすん、と鼻を鳴らし、頬《ほお》を伝う涙を指で拭《ぬぐ》う。

「別れてわかった。静かな暮らしがしたいのはたしか。でも、そんなことより、大事なのは、ユーアだった。あの子がいないなら、どこで暮らしても意味なんてないの」

誰にも聞こえないように、漏《も》れそうになる心に蓋《ふた》をするように、両手で顔を覆《おお》った。


「あたしは、ユーアと一緒がいい……」


隣に座った俺は、リーチェの背中をとんとんと叩《たた》く。

「それを知らせてやろう。あの使命感だらけのメイドに」

「そうね。……入れ替わりは、もうやめる。振り回す結果になって、ごめんなさい」

ハンカチで涙を拭《ふ》いたリーチェは、一度大きく息を吐いた。

「政略結婚で、好きでもない男の物になることは変わらないぞ？」

「王女だもの。覚悟はできているわ。それが、今回はもしかすると、って揺らいでしまったの。ユーアが身代わりになることを選んだように、あたしもきちんと王女としての立場を全《まっと》うするべきだったのよ」

そう言って困ったように笑った。

「だって、それ以外にどうしようもできないじゃない」

「そんなことはない」


「え？」

リーチェが怪訝《けげん》な顔をする。

ロックたちが近づいてきたようで、輜重車《しちょうしゃ》を曳く物音がどんどん大きくなっていた。

外に出て輸送隊を確認すると手を振った。

何人かが手を振り返したとき、彼らとは違う馬蹄《ばてい》の音が響いた。

「んぉ!?　なんだ、テメエら!?」

ビンのダミ声が聞こえた。

輸送隊を追い抜かす形で森から飛び出してきたのは、数十騎の騎兵だった。

一心不乱にこちらへ突進してくる。

どうやら反対派に尾行されていたようだ。

「あの家だ！　荷物をわざわざこちらへ運ぶのは、何かワケがあるはずだ！」

先頭の隊長らしき男が部下に指示を出した。

リーチェ本人がここにいることはバレていないだろうが、なるほど、荷物を尾行すれば本人のもとへ届くのだから、追いかけてくるのも当然か。

ただ、やつらの予想以上にキュックが速く、もう『王女』は到着済みだった。

そして面倒《めんどう》なことに、入れ替わっているから本物がここにいる。

「きゅおおおおおお！」

キュックが遠吠《とおぼ》えをする。

「るおおお！」

ロックが呼応《こおう》するように雄叫《おたけ》びをあげた。

「やるんだな!?　いいぜ、やってやろうぜ！」

召喚獣同士の意思疎通《そつう》があったらしい。

「あいつらを中に入れるな」

キュックに乗った俺は指示を出した。

荷物をその場に置いた輸送隊が怒号《どごう》を上げて駆け寄ってくる。

「るぉおう！」

戦斧《せんぷ》を構えたロックが最後尾目がけて横に振り抜く。

「ぐわぁあああ!?」

数人の騎兵がロックによって吹き飛ばされ、湖に落ちた。

「ロックに遅れを取るな！　行くぜ、野郎ども！」

ビンが威勢《いせい》のいい声を上げて手下たちを鼓舞《こぶ》した。

「キュック、俺たちは先頭のあいつだ」

「きゅ」

キリリ、とキュックが前方を睨《にら》んだ。

ど、ど、どどどどど、と駆け出し、速度が出るとキュックは低く飛んだ。

「竜騎士と呼ばれる運び屋の男！　悪いことは言わん！　手を引け！」

隊長らしき男の馬が立ち止まり、槍《やり》を頭上で振り回しながら威嚇《いかく》した。

「貴公の実力や能力は十分に理解しておる！　無駄に争うつもりはない！　この場から去るがいい！」

「悪いが、こういう荒事《あらごと》込みで運び屋をやってるんだ、ウチは」

こいつらは知らないだろうが、俺たちはすでに偽《にせ》王女を先方に運んでいる。ここにいる少女が本物だとこいつらにバレれば大変なことになる。

グランイルド王国は、友好の証《あかし》として偽者を差し出したことになってしまう。最悪、外交問題にまで発展するかもしれない。

騎兵部隊の後方では、ロックが戦斧で敵兵を弾《はじ》き飛ばしている。

「ちぃ！　あのデカぶつめ！」

隊長の男が舌打《したう》ちした。

リーチェとユーアの我がままがこんなことになるとはな。

あの二人は、依頼人でもある。それなら――、

「ここは死守させてもらう」

「融通《ゆうずう》の利《き》かぬ男よな」

「……あんたもな」

ヤアッ！　と隊長の男が馬腹《ばふく》を蹴《け》り、槍を構え、こっちへ突進してくる。

「フラビス城塞《じょうさい》を落とした大英雄と囁《ささや》かれる最強の竜騎士……！　相手に不足なしッ！」

間合いに入った刹那《せつな》、鋭い槍の刺突《しとつ》が気合いとともに放たれる。

俺は抜き放った剣で穂先《ほさき》を跳《は》ね上げた。

次の瞬間、槍の柄《え》の部分で攻撃してくる。

「クハハ！　竜騎士殿！　騎乗での動きはまだ未熟らしいなァア！」

「かもしれないな」

「あんたの得物《えもの》を真っ二つにするくらいはできるぞ」

剣に体重を乗せ振り下ろす。

隊長の男は槍の柄で受けようとするが、俺はそれをズバンと叩き斬《き》った。

「なにッ!?　槍が――!?」

槍を諦《あきら》めて腰の剣を抜こうとしたが、それを許す俺ではない。

横薙《よこな》ぎに振るった剣を、男の首筋でぴたりと止めた。

「俺の仕事に手を出すな」

そこで隊長の男は、諦めたようにふっと力なく笑った。

「まごうことなき、剛《ごう》の者であったか。……噂《うわさ》通り――いや、噂程度ではまだまだ過小評価であるな」

戦意がなくなったのがわかったので、俺は剣を納めた。

他の騎兵たちは、ビン一味とロックに苦戦しており、馬上にいる兵士はもう数えるほどで、他は地面でうずくまったり、吹き飛ばされた湖からどうにか這《は》い上がってきたり、部下も戦う気力はなさそうだった。

「そなたと仕合《しあ》えてよかった。これ以上挑んでも命を無駄にするだけであろう。部下も殺さず生かしておいてくれて……。撃退された、と正直に報告させてもらおう」

馬首を巡《めぐ》らせ、隊長の男は部下に檄《げき》を飛ばす。

「任務は失敗に終わった。我らはこれより帰還《きかん》する」

部下たちが馬に戻ると、整然と騎兵たちは引き上げていった。

「ジェイ！」

心配だったのか、リーチェが窓から顔を出していた。

「追っ手は撃退した。荷物も来ている。リーチェ、お姫様に会いにいく準備をしてくれ」

「わかった！」

扉から出てくると、リーチェは荷物のところまで駆け寄り、必要最低限の物を選び鞄《かばん》に詰め込んでいた。

「どういうことなんです、お頭《かしら》？」

ここに荷物を運べとしか指示していなかったので、ビンが不思議そうにしている。

「王女が、王女に戻るんだよ」

ざっくり言うとこうである。

だが、わけがわからなそうにビンは首をかしげていた。

◆ユリエラ◆

到着してから数日。

ベアトリーチェ王女としてケラノヴァ王との謁見《えっけん》が終わった。

豪奢《ごうしゃ》な私室に戻ったユリエラは、大仰《おおぎょう》なドレスを脱いで普段遣《づか》いのイブニングドレスへと着替える。

普通なら、メイドの四、五人くらい着替えを手伝うところだが、誰も手伝いにやってこない。

「わたしでなければ、着替えられなかったでしょうね」

リーチェがこんな扱いをされて耐えられるはずがない。

そう思うと、入れ替わってよかったとすら思う。

本当にあの子は一人で暮らせるだろうか？

それはリーチェの望みでもあるが、慣れないうちは苦労するだろう。

自分がそばにいられれば、そんな無駄な苦労をさせることもないのに。

「……」

――バレないバレない。

そう言ってユリエラを自分のベッドに招いたリーチェは、いつか静かに二人で暮らせたらいいな、と夢を語ってくれた。

たったそれだけで胸がいっぱいで、実現するはずのない妄想を二人で話し合った。

楽しかったあの夜。

寝る前だったから、リーチェは忘れてしまっているかもしれないけれど。

「落ち着かない」

ジェイが王子に掛け合ってくれたおかげで、貴賓室《きひん》で過ごすことになったけれど、ユリエラとしては質素で簡素《かんそ》な部屋のほうが落ち着く。

王族のような生活に憧れているとジェイは聞いてたから、それで掛け合ってくれたのだろう。

なんて優しい人なのか。

王家からの依頼を実行する中、自分たちの我がままを聞いてくれて。

「？」

天蓋《てんがい》付きのベッドに横になっていると、窓がコンコン、と鳴った。

不思議に思って体を起こし窓のほうを見ると、そこにはリーチェがいた。

「え？」

周囲を気にしながら中に入れてくれ、と指で合図している。

「え？」

人違い、見間違い、そんなはずもなく、まさしく自分が今、成り代わっているベアトリーチェがいる。

「何をしているの、リーチェ」

慌《あわ》てて窓を開けると、リーチェはバルコニーから中に入ってきた。

「ごめんね。ユーア」

「何が……？」

「あなたの覚悟を無駄にするような真似《まね》をして」

「どういう……何の話？」

「あたしが知らないとでも？　ユーアが王族の暮らしに憧れていると、あたしが本気で思っていると？」

真《ま》っ直《す》ぐ見つめられ、ああ、敵《かな》わないなとユーアは内心白旗《しらはた》を振った。

「あたしは、あなたに甘えていた。静かな暮らしってやつをやってみたいと思っていたのは本当だし、ユーアの覚悟や使命感を無下《むげ》にするようなことはできなかったから」

「……」

「ああいう場所で暮らしてみたいって、リーチェは……。夢みたいな話って前々から言ってて

「でも、あの家にユーアはいない」

「うん。わたしはリーチェとしてここにいるから」

今にも泣き出しそうな顔でリーチェは首を振った。

「意味ないのよ。そんなの」

ユリエラの鼻の奥がツンとした。

あの日の夜みたいに、胸がいっぱいになり、喉《のど》の奥から言葉にならない気持ちがせり上がってきた。

声にならないかわりに、視界が涙で曇《くも》った。

「ユーア——あなたがいなければ、意味ないのよ！」

その言葉だけで、これから一生やっていける。

辛《つら》いことがあっても、悲しいことがあっても、親友であり主人であるリーチェのその言葉を思い出せば、何でも乗り越えていける。そう思った。

「ユーア。あの家に行こう。あたしたち二人で暮らすの」

こぼれた涙を手のひらで拭って、ユリエラは首を振った。

「でも、ダメ。リーチェ。ちゃんと王女がここにいないと……」

人質なのだから。

いなくなれば国同士の問題に発展してしまう。

「ジェイが話をつけるって」

「ジェイ様が……？」

うん、とリーチェはうなずいた。

「でも、ジェイ様は運び屋で……」

王に取り次いでもらえたとして、何をどう説明する気なのだろう。

そんな力が彼にあるのだろうか。

「ジェイは、勝算ありって顔だったけれど、詳《くわ》しくは教えてくれなかったわ」

リーチェも聞かされていないらしい。

「帰る準備だけしてもらえる？　きっとジェイならやってくれるから」

「ジェイ様が……」

リーチェが手放しで信頼するのもわかる。

竜を使役《しえき》し、空を飛び、あっという間にここまで連れてきてくれた強く優しい騎士。

彼の言動は信頼するに値《あたい》した。

「ユーア、目がハートになってる！」

「んなっ、なってない！」

ニヤニヤするリーチェの肩をユーアは叩いた。

一週間も離れていないのに、いつもやっているやりとりがずいぶん久しぶりに感じた。

リーチェに促《うなが》され、帰り支度《じたく》を進めていると部屋がノックされた。

リーチェが隠れるのを確認して、ユーアは扉を開けた。

「──よお。お姫様」

「あ、ジェイ様」

声をかけられるだけで、胸がドキンと跳ねる。

「じゃじゃ馬は来ているか？」

「誰がじゃじゃ馬ですって？」

後ろのほうからリーチェの声がする。

後ろ手に扉を閉めたジェイは、中に入ると言った。

「ベアトリーチェ王女殿下《でんか》様は、ここにいる必要がなくなった」

「え？　ジェイ様、それはどういう……？」

「二人であの家で暮らせるってことだ」

わしわし、とユリエラはジェイに頭を雑に撫《な》でられる。

「大丈夫なの、本当に」

不安そうにリーチェが尋《たず》ねる。

「ああ。最初粗末《そまつ》な部屋に案内されたんだが……逆に言えば大した扱いをしなくてもいいし、先方も大した扱いはしないってことだ」

何が言いたいのかわからず、ユリエラもリーチェもジェイの話の続きを待った。

「それこそ、ベアトリーチェ王女らしき女の人なら、誰でもいいんじゃないかってな。そう何度も民衆に顔を見せる機会はないだろうし」

人質としてケラノヴァ神国がグランイルド王国から王女を預かっている……という体裁《ていさい》が崩《くず》れなければいい、ということらしい。

「あの王子も、リーチェのことが好きだったわけでもないし、こっちもそうだろ？　政略結婚だって割り切っていたから、あっちも話が早かった。公務で顔を見せる必要があるときだけいてくれればいい、と」

たしかにそうかもしれないが、本物と同じように振る舞えるユリエラかリーチェがここにいれば、そんな面倒なことはしなくても済む話だ。

「だから、二人はあの家にいられるってことだ」

引っかかりを覚えつつも、最後の言葉がそれを押し流していった。

リーチェが感極《かんきわ》まってユリエラに抱きついてくる。

ユリエラもそれに応《こた》えてぎゅっと抱きしめた。

「ジェイ様。どうしてここまでしてくださるのですか？」

ユリエラの問いに、少し間を置いてジェイは答えた。

「仲のいい友達同士が、離れ離れになるのを見てられなかっただけだ。俺がそうしたいからしたんだ」

だから気にすんな、と言った。

◆ジェイ・ステルダム◆

ロックとビンが運んできた荷物は、湖畔の家に置いたままにしている。

そのままでいいと言うと、ビンもリーチェも不思議そうな顔をしていたが、思った通りになって一安心だった。

リーチェを密《ひそ》かにケラノヴァ神国王都の城へ連れていき、ユーアを伴《ともな》って湖畔の家へと戻ってきた。

二人で暮らせることにリーチェは素直に喜んでいたが、ユーアは引っかかるところがあるのか俺の心配をしてくれた。

俺が何か特別に働きかけたからこうなったのだと思っているようだった。

それは正しい。

シゼル王子とその父であるケラノヴァ王は、意外と話のわかる人だった。

嫁《とつ》いできた王女は実質人質であり、ケラノヴァ神国側からすると、本人が城に常時いなくてはならないわけではないことを確認すると、俺は王女が別荘……この家でメイドと暮らすことを了承してもらった。

『だが、監視はつけさせてもらうぞ?』

『はい。本人が王城に留まる理由はなくとも、人質ではありますので当然のことかと。二人の……ベアトリーチェ様の身に何か起きたときに対応しやすいでしょうし』

『うむ。半分は護衛を兼《か》ねておる。……それともうひとつ、条件をつけたい』

『場合によってはお断りさせていただきますが……どのようなことでしょう?』

『それは——竜使いであるそなたの竜を、国の神事や催事《さいじ》が行われるときに貸してほしいのだ』

出された条件は、俺にとって大したことではなかったのでふたつ返事で承諾《しょうだく》した。

これが人質が別荘でひっそりと暮らす条件だった。

まずは本当に竜を扱えるのか。ってところからだったが、謁見の間にキュックを召喚してみせると、場がざわついた。

言うことを聞いてくれることも証明すると、交渉《こうしょう》は成立した。

『我が国では、竜は縁起《えんぎ》の良い魔物。我ら王家を含め、国の民は竜を信仰しておる。竜を従えている様子を見せれば、王家の求心力は高まるであろう』

むしろ、人質を預かっているだけより何倍もメリットがあるらしい。

訊《き》くと、その催《もよお》しとやらは四年に一回ほどだという。

そのときは賓客《ひんきやく》扱いされ、豪勢な食事が振る舞われ、いくらかわからないが報酬をもらえるらしい。俺としては多少手間ではあるが、悪い話ではなかった。

こうして大人の話し合いは、お互いにとって最良の形でまとまり、幕を閉じた。


そして、俺は二人を湖畔の家まで連れてきていた。

ロックは戻ってもらっているし、ビンたちにも撤収《てっしゅう》してもらっている。

「なんて膨大《ぼうだい》な量なの」

荷物を前に、呆然《ぼうぜん》とリーチェが立ち尽くしていた。

「リーチェがあれこれ持っていくって言うから」

「いるでしょ！　なくて困ったらどうするの」

「ふふふ」

二人の和《なご》やかな会話は、静かな湖畔によく響いた。

「じぇ、ジェイ、様」

「どうした」

「お食事の準備をしますので少々お待ちいただけますか？　大した食材がないので、おもてなしするには粗末な物になってしまうかもしれませんが」

なるほど。お礼がしたいわけか。

「二人の依頼の報酬は、リーチェからもらっている」

これな、と俺は適当に選んだ宝石をひとつ見せた。

「だから、気を遣わなくてもいいよ」

「で、ですが……」

「気づいてあげなさいよー。もう。朴念仁《ぼくねんじん》！」

リーチェが横から口を出してきた。

ずんずん、と俺との距離を詰めようとするリーチェを、ユーアが袖《そで》を引っ張って止めている。

「あのねー。ユーアはあなたに自分の手料理を食べてもらいたいの！」

「ちがっ、違うっ……！」

ユーアの顔はいつの間にか真っ赤になっていた。

「じゃあ、また後日来る。それでいいか？」

リーチェが水を向けるようにちらりとユーアを見ると、ふんふん、と何度もうなずいていた。

「了解。それじゃ、またな」

水辺で魚と戯《たわむ》れているキュックを呼ぶと、ばしゃばしゃと足音を立ててこちらへやってくる。

「ジェイ様――」

飛び立とうかというとき、ユーアが紙片を持って駆け寄ってきた。

「手紙か？　どこまで？」

「違います……。もう、到着はしましたから――」

？　と首をかしげると、ユーアは逃げるように去っていく。

耳まで赤くしているユーアを見たリーチェがニマニマしていた。

「なんてはしたないメイドなのかしら～」

嬉《うれ》しそうに芝居《しばい》がかった口調で言った。

「いつ書いたの、そんなのー？」

「～っ」

何も言わせまいとユーアがリーチェの口を手で塞《ふさ》いだ。

「ちょっと、黙って」

「主《あるじ》の口を塞ぐなんて、いい度胸《どきょう》しているじゃない」

「これ以上ジェイ様に余計なことを言うと、ご飯、作らないから」

「……」

主従の関係はこれからも続きそうだが、パワーバランスはユーアのほうが上になりそうだな。

元々仲のいい二人だ。

なんだかんだ言いながら協力して暮らすんだろう。

俺は別れの挨拶《あいさつ》を口にしてキュックに合図を送る。

「ジェイ！」

「ジェイ様！」

声に振り返ると二人が手を振っていた。

「全部全部、ありがと――！　本当に、ありがと――――！」

「お礼、全然まだ足りていませんので！　いつでも！　お越しください！　わたし、わたし……いつまでも待っていますから――――！」

俺は後ろに向けて軽く手を振った。

キュックの足が地面から離れると、首筋を撫でた。

「俺たち、いい仕事をしたと思わないか、キュック」

「きゅぅ」

同意するような相棒《あいぼう》の鳴き声が聞けて俺も満足だった。

風がびょうと耳元で鳴る。

キュックは翼を動かし、徐々《じょじょ》に高度を上げていった。

あとがき

こんにちは。ケンノジです。

二巻はいかがだったでしょうか？

大まかに三部構成となっていて、どのエピソードも自分は気に入っています。

ちょっとだけビターな要素が入っている箇所もあって、自分はこういうのが好きなんですけど、読者の皆様全員がそうじゃないんですよね。

自分の好みを基準に自由に書いてしまって、時々思わぬ感想をもらって驚くことがあります。

そのときにようやく、みんな好きじゃないんだ……と遅まきながら実感したり。

とはいえ、よっぽどの大批判を食らわない限りは、好きな人もいると信じて、好きなように書いていこうと思っています。

ウェブ先行で掲載していたら多少は抑えた要素で、今巻は書き下ろしがメインなので、自分の好みらしきものが少し出た内容となりました。

　さてケンノジは、他にもアニメにもなった『チート薬師のスローライフ』『痴漢されそうになっているS級美少女を助けたら隣の席の幼馴染だった』『魔導人形に二度目の眠りを』などを書いております。本作とはまた少し違ったテイストなので、ご興味があったらこれらも是非《ぜひ》よろしくお願いいたします。

　今巻もイラストの三弥《みや》先生と担当者様には大変お世話になりました。お礼申し上げます。とくにイラストに関しては、表紙も完璧《かんぺき》でしたし、アルアの余所《よそ》行きの服装のデザインなどもイメージ通りに仕上げてくださって、本当に言うこと無しでした。信頼して任せられるなと思っております。

　読者の皆様も買っていただいてありがとうございました。

　続きが出せるときは次回も是非よろしくお願いいたします。

ケンノジ

コミカライズ連載開始!!!!
Fランク召喚士、
ペット扱いで可愛がっていた召喚獣が
バハムートに成長したので冒険を辞めて
最強の竜騎士になる

最弱無敗の召喚士が
世界最高の竜騎士へ！
逆転無双の運び屋ライフ!!!
CHECK!
漫画 柚木ゆの 原作 ケンノジ
キャラクター原案 三弥カズトモ
ニコニコ漫画
水曜日はまったり
ダッシュエックスコミック

ダッシュエックス文庫

【第1回集英社WEB小説大賞・大賞】
『ショップ』スキルさえあれば、ダンジョン化した世界でも楽勝だ
～迫害された少年の最強ざまぁライフ～
十本スイ
イラスト／夜ノみつき

『ショップ』スキルさえあれば、ダンジョン化した世界でも楽勝だ2
～迫害された少年の最強ざまぁライフ～
十本スイ
イラスト／夜ノみつき

『ショップ』スキルさえあれば、ダンジョン化した世界でも楽勝だ3
～迫害された少年の最強ざまぁライフ～
十本スイ
イラスト／夜ノみつき

『ショップ』スキルさえあれば、ダンジョン化した世界でも楽勝だ4
～迫害された少年の最強ざまぁライフ～
十本スイ
イラスト／夜ノみつき

日用品から可愛い使い魔、非現実的なアイテムも『ショップ』スキルがあれば思い通り！最強で自由きままな、冒険が始まる!!

悪逆非道な同級生との因縁に決着をつけ、本格的に金稼ぎ開始！　武器商人となり『ダンジョン化』する混沌とした世界を征く！

ダンジョン化し混沌と極める世界で、今度は袴姿の美女に変身!?　ダンジョン攻略請負人として、依頼をこなして話題になっていく!!

理想のスローライフを目指して無人島の開拓を開始。そこへ異世界から一緒に来た弟を探しているという美少女エルフがやってきて…。